茅盾文学奖
获奖作家短经典

Short
Classic

在水陆之间，在现代边缘

徐则臣 —— 著

人民文学出版社

图书在版编目(CIP)数据

在水陆之间,在现代边缘/徐则臣著.—北京:人民文学出版社,2020
(茅盾文学奖获奖作家短经典)
ISBN 978-7-02-016089-1

Ⅰ.①在… Ⅱ.①徐… Ⅲ.①中篇小说—小说集—中国—当代②短篇小说—小说集—中国—当代③散文集—中国—当代 Ⅳ.①I217.2

中国版本图书馆CIP数据核字(2020)第027076号

选题策划　付如初
责任编辑　付如初
装帧设计　刘　远
责任印制　任　祎

出版发行　人民文学出版社
社　　址　北京市朝内大街166号
邮政编码　100705
网　　址　http://www.rw-cn.com

印　　刷　三河市中晟雅豪印务有限公司
经　　销　全国新华书店等

字　　数　126千字
开　　本　787毫米×1092毫米　1/32
印　　张　6.5　插页3
版　　次　2020年7月北京第1版
印　　次　2020年7月第1次印刷

书　　号　978-7-02-016089-1
定　　价　29.00元

如有印装质量问题,请与本社图书销售中心调换。电话:010-65233595

出 版 说 明

茅盾文学奖自1981年设立迄今,已近四十年。这一中国当代文学的最高奖项一直备受关注,获奖作品所涉作家近五十位,影响甚巨。其中获奖作品人民文学出版社所占的比例接近百分之四十,几乎所有的获奖作家都与人民文学出版社有过合作。这些作家大多在文坛耕耘多年,除了长篇小说之外,在中篇小说、短篇小说和散文等"短"体裁领域的创作也是成就斐然。

2013年,我们以全面反映茅盾文学奖获奖作家的综合创作实力为宗旨,以艺术的眼光,遴选部分获奖作家的中篇小说、短篇小说和散文的经典作品,编成集子,荟萃成了"茅盾文学奖获奖作家短经典"丛书,得到了专家和读者的一致好评。

此次再版,我们在原丛书的基础上,增添了第九届和第十届茅盾文学奖获奖作家的"短经典",一些作家的作品篇目也有所增删,旨在不断丰富丛书内容,让读者更加全面细致地了解这些作家的创作。相信该系列图书能够与我社的

"茅盾文学奖获奖作品全集"系列一起,为您完整呈现一代又一代茅盾文学奖获奖作家的创作实绩、艺术品位和思想内涵。

人民文学出版社编辑部
2020年1月

目 录

001　苍声

049　露天电影
069　伞兵与卖油郎
093　我的朋友堂吉诃德
114　这些年我一直在路上
138　忆秦娥

158　从一个蛋开始
163　教堂
171　在信仰的国度
177　冬至如年
184　在水陆之间,在现代边缘

198　第十届茅盾文学奖答谢词

苍　声

1

何老头正训我,外面进来两个人把他抓走了。当时何老头很气愤,指着我鼻尖的手抖一下,又抖一下。"这么简单的问题都不会,"他说,"午饭都吃到狗肚子里了?"

我说是,都给绣球吃了。全班大笑起来,都知道我们家养了一条黄狗,叫绣球,前些天刚下了一窝小狗,还没满月。刚产崽的绣球得吃好的,我就背着父母把午饭省下了给它。笑声里大米的声音最大,像闷雷滚过课桌。我喜欢听大米的声音,像大人一样浑厚,中间是实心的,外面闪亮,发出生铁一样的光。大米一笑,大家就跟着继续笑。何老头更气了,哆嗦着手抓下黑礼帽,一把拍在讲台上,露出了我们难得一见的光头。

"不许笑!"何老头说。

门外突然就挤进来两个人,刘半夜的两个儿子,都是大块头。他们一声不吭,上来就扭何老头的胳膊,一人扭一只,这边推一下,那边搡一下,把何老头像独轮车一样推走了。

何老头说:"你们干什么?你们为什么抓我?"刘半夜的两个儿子还是不吭声。何老头又喊:"等一下,我的礼帽!"他们还是像哑巴一样不说话,挺直腰杆硬邦邦地往前走。这时候他们已经走到校门口的两棵梧桐树底下了。

他们都围到窗户边去看。刚糊上的报纸被大米三两下撕开来,他们的脑袋就从窗户里钻了出去。我站在位子上,伸长脖子从教室门往外看。何老头和刘半夜的两个儿子组成的形状像一架飞机,何老头是飞机头,他的脑袋被下午的阳光照耀着,发了一下光,就从校门口消失了。何老头其实不是光头,只不过头发有点少,不仔细找很难发现。我猜就因为这个他才戴礼帽的,一年四季都不摘下来。睡觉时摘不摘我不知道,反正平时很少见他摘。今天他一定是被我气昏了头才拿掉帽子。我对自己也相当生气,那么简单的问题也答不出。

但是,我不喜欢何老头当着大米他们指鼻子骂我。我把黑礼帽从讲台上拿过来,对里面吐了一口唾沫,又吐了一口,吐第三口的时候,谁说了一句:"何老头的礼帽呢?"我赶紧把帽子塞到桌底下,抻长袖子把唾沫擦干了。

又有谁问了一句帽子,随后就没动静了。大家重新趴到窗户边,校门口有一群人在跑,不知道那些人要干什么。我趁机把礼帽压扁,塞到书包里,然后像没事人一样走到窗户边和他们一起看。零零散散的几个人还在跑。

"这算不算放学了?"三万问大米。

"当然。"大米说,"何老头都被抓走了,放学!"

三万帮大米背了书包,一伙人就跟着大米跑出教室,都想去看看外面到底出了什么事。我怀疑跟何老头被抓有关。为什么抓,我也不懂。我背着书包跟他们跑出校门,他们往西,我往东,得先把礼帽藏起来。

"木鱼,"大米喊我,"你不去看?"

"我要回家看绣球。"

"嘿嘿,好,"大米笑起来,说,"好好把绣球养肥点,过两天我去看看它。"

大米"嘿嘿"的时候不像个好人,可他的声音好听。只有大人才能有那样浊重、结实又稍有点沙哑的声音。我问过我妈,为什么我的声音尖尖细细像个小孩。我妈说,你不是小孩还能是什么?可大米怎么就有大人那样的声音。大米比你大,我妈说,人大了声音自然就苍声了,粗通通跟个烟囱似的有什么好听。

我觉得好听。大米能让所有人都听他的,就因为他声音跟我们不一样。他说了:

"你们一帮屁孩,奶声奶气的!"

也不是所有人都比大米小,三万、满桌和歪头大年就跟他一样大,声音还是不好听。我经过几棵梧桐书和槐树,捂着书包往家跑,心里充满了恐惧,我竟然把老师的礼帽偷偷拿回来了。迎面碰上向西跑的几个人,我低着脑袋不敢和他们打招呼,但我对他们要去的地方又满怀好奇,他们到底要去看什么?

这一年我十三岁,怀揣两只不同的小狗,一只恐惧,一只好奇。像绣球产的四只小狗中的两只,毛色光滑,一醒来就不安生。

2

想不出藏哪里更保险。我把自己关在屋里四处找地方,放哪儿都不放心。姐姐又在院子里催,让我快点,一起去西大街看看。她也急着想知道西大街到底出了什么事。我只好咬咬牙决定塞到床底下,为了防止谁钻床底往里看,我把一双没洗的臭袜子放在床边,那个臭,瞎子也能熏出眼泪来。出门前我还想看看绣球和四只小狗,姐姐等不及了,拉着我就跑。我就对着墙角的草窝吹了一声口哨,绣球听见了,对我说:"汪。"四只小狗也跟着哼了四声。

路上有人和我们一起跑。快到西大街,碰见我妈在街口跟韭菜说话,她拉着韭菜,让她晚上到我们家吃饭,韭菜甩着胳膊不愿意。姐姐说:"妈,西大街有景呢,你不去看?"

"回家,"我妈说,"有什么好看的!"

"那边到底啥事呀?急死我了。"

"太上老君下凡,"我妈有点不耐烦,"跟我回去!韭菜,听姨的话,姨拿好吃的给你。"

韭菜还是不愿意,嘟着嘴说:"看。看。我要看。"

我谨慎地说:"是不是何老头?"

我妈瞪了我一眼,"回家做饭去!"

姐姐已经拽着我跑过去了,我妈在背后喊也不停下。

猜得没错。人群围在大队部门外,踮着脚往紧闭的门里看,什么都看不到,脖子还在顽强地伸长。然后三两个人咬耳朵,表情含混,我凑上去听,只大概弄清楚,何校长被关在里面。姐姐问旁边东方他妈,东方他妈说,谁知道,听说跟丫丫有关,谁知道。姐姐还想问,周围静下来,支书吴天野走出大队部的门,挥挥手说:

"回去,都回去!有事明天说。"

人群就散了。姐姐歪着头问我:"跟丫丫有关?"

我哪知道。

丫丫就是韭菜。差不多有二十岁了,是个傻大姐,头脑不好使,见人就笑,然后问你吃过了没有。七年前她还叫丫丫,被何老头收留了才改名韭菜。叫丫丫的时候,韭菜是个孤儿,她九岁时她爸死了,接着她妈在某一天突然不见了,听说跟人跑了,再也没回来。丫丫整天在村子里晃荡,追着谁家的猫或者鹅玩,到了吃饭时间就有人叫她。那时候吴天野就是支书,他让各家轮流管丫丫的饭,只要她还活着,养到哪天算哪天。除了三顿饭,丫丫的其他事就没人管了,她整天蓬头垢面,脸脏得像个面具,下雨天也会在外面跑。后来何老头来我们这里当校长,他觉得丫丫可怜,吃百家饭却没人管,就跟吴天野说,干脆他收留丫丫吧。何老头是外乡人,听说是从北边的哪个大地方来的,一个人,一来就当校长。我爸曾说过,看人家里里外外都戴着礼帽,就是当校长的料。

丫丫被人领到何老头门前那天,何老头正坐在门口择别人送的韭菜。何老头握着一把韭菜站起来,说:"还是改个名吧,就叫韭菜。"

就叫韭菜了。叫丫丫顺嘴了的还叫丫丫,其他人叫韭菜。两天以后,丫丫就变成一个干净清丽的韭菜了,何老头帮她梳洗了一番,还给她做了两身新衣服。见过大世面的人说，丫丫蛮好看的嘛，跟城里来的一样。城里人长啥样我没看过，如果韭菜像城里人，我猜城里人起码得有四样东西：干净，白，好看，有新衣服穿。韭菜洗过脸竟然比我姐还白，真是。

再后来，韭菜干脆就把何老头当爸了，平常也这么叫。何老头很高兴，好像有个傻女儿挺满意的。他还教她认字，做算术题。我怀疑花一辈子也教不好，像我这样头脑一点毛病没有的，复杂一点的算术题都弄不懂，我不相信她一个傻子能明白。想也不要想。不过其他方面还是有点成效的，比如说话和看人。过去韭菜一说话就兜不住嘴，口水一个劲儿地往下挂，现在不了，总能在口水挂下来之前及时地捞回去；看人的眼神也集中了，过去你站她对面，就觉得她是在看另外两个人，而且在不同方向上，她涣散的眼神像鸡鸭鹅一样，两只眼能各管各的一边事。也就是说，现在只要韭菜老老实实不说话，就比好人还好。当然，你不能给她好吃的，一见到好吃的，她的嘴和眼立马就散了。

我们都知道何老头对韭菜好，可是东方他妈的意思是，何老头被抓跟韭菜有关。

有人喊我，一听就是大米。身后跟着三万、满桌和另外两个跟班的。"小狗长多大了？"大米问，"送我一只怎么样？"

"还小呢。"我说。其实我做不了主，小狗满月后送给谁，由我爸妈决定，绣球还没产崽就有一大堆人排着队要。我不想让大米知道我做不了主，他们会瞧不上我。

我姐说："大米，你爸为什么把何校长抓起来？"

"问我爸去，"大米说，"关我屁事，又不是我关的。"他对屁股后头的几个挥一下手,他们就跟着他走了。他的一挥手让我羡慕不已,还有他的一声浑厚的"走",多威风,就是跟我们小细胳膊小细腿和尖嗓子不一样。大米临走的时候又嘱咐,"记着给我留一只啊,越多越好。"

"没有了。"我只好说。

"你说什么?"

"爸妈都把它们送人了。"

"操!"大米说,"还没生下来我就要。就没了!"他扔出一颗石子,打中十米外的一棵槐树,"就一只破狗,操,不给拉倒!"

回到家,韭菜坐在厨房帮我妈烧火。烧火的时候她比正常的女孩都端庄。姐姐又问我妈,为什么把何老头抓起来?我妈白她一眼,示意韭菜在,姐姐就不敢乱问了。韭菜在我家吃的晚饭,吃了一半停下来,说:

"韭菜不吃了,爸还没吃。"

"留着呢,"我妈说,"你吃你的。"

3

因为那顶礼帽,半夜里噩梦把我吓醒了。我梦见礼帽长了三十二条蜘蛛那样的细腿,密密麻麻地从我后背爬上来,突然抱住了我脖子。我惨叫一声醒了,摸摸脑门上的汗,庆幸只是个梦。我爬起来,借着月光从床底下把礼帽够出来,已经恢复了原来的形状。我小心翼翼地看它的四周,没有脚,又扔到床底下。得想个办法把它送出去。

第二天早上,我被姐姐叫醒,姐姐说:"快,要斗何校长了!"我半天才回过神,噌地从床上跳起来。"怎么斗?"我问。

"游街。"

锣鼓声从西大街响起来,锣是大铜锣,鼓是牛皮鼓,猛一听以为马戏班子来了。我去井台前洗脸时,看见韭菜蹲在墙角逗绣球和四只小狗玩。她把其中两只抱在怀里,左臂弯一只,右臂弯一只,还用嘴去亲小狗的嘴,嗓子眼里发出呜呜呜的催眠声,丑死人了。

"别动我的小狗!"我喊了一声。

韭菜吓得胳膊一松,一只小狗掉到地上,跟着另一只胳膊失去平衡,第二只也掉下来。小狗摔得直哼哼。我满手满脸是水地跑过去,抱起小狗一个劲儿地哄,哎呀,摔坏了摔坏了。韭菜低头拿眼向上翻我,知道自己犯错误了,鼓着嘴站在一旁搓衣角。

"还看!都快给你摔死了!"我说。

韭菜哇地哭起来,甩着手说:"我找爸。我去找爸。"

我妈从厨房跑出来,一边在围裙上擦手。"丫丫别哭,丫丫别哭,"我妈说,"谁欺负你了?"

韭菜指着我,"他!他骂我!"

"丫丫不哭,我打他,"我妈做着样子打我,"你看我打他。我把他剁了给狗吃!"

韭菜笑了,跺着脚说:"剁他!剁他!剁给小狗吃!嘿嘿。"说完了突然安静下来,又要哭的样子,"我找爸。我去找爸。"

我妈说:"吃完饭再找。丫丫听话。"然后对我和姐姐说,

"还愣着,等着饭端到你们手里啊?"

那顿饭吃得潦草,我和姐姐都急。西大街锣鼓喧天,震得饭桌都嗡嗡地跳。我们没敢多嘴,爸妈都护着韭菜,怕她知道何老头被抓被斗的事。有什么好怕的,大不了被打一顿,游几天街。就是不知道这老头犯了什么事。

路上遇到几个同学,他们都往西大街跑。何老头被抓了,课当然就不上了。我怀疑整个花街的闲人都来了,里三层外三层堵在大队部门前。门前两个敲鼓的,一个打锣的,咚咚咚,咣。咚咚咚,咣。我刚挤进去,门开了一扇,刘半夜的二儿子走出来,对人群挥手,去去去,往后站,往后站,别碍事!大家撅着屁股往后退了退,另一扇门也开了,何老头被刘半夜的大儿子怪异地推出来。

像小画书里的白无常。戴一顶又高又尖的白帽子,脖子上挂着一块巨大的白纸板,上面写着八个字:

衣冠禽兽
为老不尊

何老头低着脑袋一出门,刚停下的锣鼓又响起来。接着又停下了,吴天野从大队部里走出来,因为突然安静下来,他的声音就显得格外大。吴天野说:

"乡亲们,这两天我痛心疾首,痛心疾首啊!看到那几封举报信,我眼都大了,嘴都合不上了!我做梦都没想到,我寻思所有花街人做梦也不会想到,咱们的何校长,就是教咱们花街上的孩子读书解字的先生,竟然是这样一个衣冠禽兽!

他收养了我们花街的孤儿丫丫,竟然为了这个肮脏的企图!乡亲们想想哪,丫丫,就是韭菜,才多大啊,刚刚二十岁!多好的年龄啊,就这样被他,这畜生一样的人,给糟蹋了!这是咱们花街的耻辱!你们说,怎么办?怎么办?"

刘半夜的两个儿子一起喊:"打死他!打死他!"跟着一阵锣鼓声。

吴天野挥挥手,锣鼓又停了。他说:"打死人不行。但咱们花街的这口正气要出,要给丫丫和全体花街人一个交代。大队里商量了一下,游街示众。好人咱不能冤枉,坏人也决不放过。好,开始!"

锣鼓敲起来,走在前面,接下来是刘半夜的两个儿子押着何老头,还是一人一只胳膊。经过我面前,何老头抬了一下眼皮,我赶紧缩到别人后面。走几步,锣鼓停下了,大家正纳闷,忽然几个小孩的背书一样的声音冒出来:

> 我们的校长罪该万死,不是人;我们的校长禽兽不如,是个老骚棍。七年前就起坏心思,收养个傻丫头,为了当马骑。他打韭菜我们看见了,他骂韭菜我们看见了,他干所有坏事我们都看见了。游他的街,批他的斗,打倒一切不要脸的害人虫!

我赶紧又从人后钻出来,看见七八个低年级小孩并列三排走在何老头身后,眼睛盯着何老头的后背。我也去看,何老头的后背挂着一块大白纸牌子,纸牌上写满了毛笔字。怪不得这帮小东西能背得这么齐,照着念的。不过这样我也挺佩服,说实话,有几个字我还不敢确定认不认识。我就盯着那几个含混的字认真看起来,越看越觉得这个毛笔字眼熟,后来终于想起来,这是何老头自己的字。花街没人能写这样好看的颜体字,何老头教过我们,那种胖胖的、敦敦实实的字叫颜体。何老头自己写字骂自己,还骂得这么直接这样狠,实在想不到。

大人之间,男男女女的那点事,我多少知道一点,大米他们整天把男人和女人的那个地方挂在嘴上。大米亲口对我说过,他在八条路的芦苇荡里看见过一对男女光身子抱在一起,不停地动啊动,男的屁股动起来像打夯。是谁我就不说了,反正我知道。大米说到光屁股时,两个嘴角止不住往外流口水,就像过年吃多了肥肉,油止不住从嘴边流出来一样。可是,说真的,我从来没看过何老头跟韭菜怎么怎么过,我放鸭子经常经过他们屋后,歪一下头,他们茶杯放哪个地方我都看得一清二楚。

可这帮小狗日的一起说他们看见了。不知道怎么看见的。

他们走走停停。敲一阵锣鼓,小狗日的们就齐读一遍何老头背上的字。人群里乱糟糟的,西大街本来就不宽敞,挤来挤去就更乱,我和姐姐被挤散了。乱还有一个原因,就是他们交头接耳,相互争论,据我听到的,主要有三方意见:一方认为何老头该死,多大的人了,整天戴着礼帽跟个人物似的,原来一肚子坏水花花肠子,收养一个大闺女竟然为了干这种脏事,幸亏是个傻子,你说要是个好好的姑娘,这还怎么有脸活下去,怎么嫁人生孩子呀!第二方观点完全不同前面的,傻姑娘怎么了,傻姑娘不是姑娘啊?丫丫也是女人,要不是头脑有毛病,那脸蛋,那身段,那个皮肤白嫩能当凉粉了,咱花街有几个比得上?第三种当然和前面两个都不同,那就是,他们认为根本没有的事,何校长在花街七年了,待人那个好,对丫丫更不用说了,就是个傻子也捧在手心里疼,怎么会干那种事!打死我也不会信。

"那为什么把他抓起来游街?"

"谁知道,哪个丧天良的诬陷!咱们花街,吃人饭不拉人屎的越来越多了!"

因为看法不同,人群自然分成三部分。一部分追着游行的队伍看,跟着叫唤,要打倒何老头,要打死他,有人甚至往他身上吐痰扔石子。另一部分人不冷不热地跟着,抱着胳膊三两个人说话,眼还盯着前面的队伍。第三部分落在最后面,事实上他们出了西大街就没再跟上,就在西大街的拐角处停下来,脸板着生气,为何老头咕哝着喊冤抱屈。我回头找我姐,听见他们在骂人,包括刘半夜的两个儿子。七八个小东西现在只剩下三个,走掉的几个就是被他们拎着耳朵从朗读的队伍揪出来的。他们骂他们的儿子或者小亲戚:

"个小狗日的,皮痒了是不是?让你来现眼!"

游街的队伍还在继续,一阵锣鼓一阵朗诵。后来我听大人说,中间穿插朗诵的游街,他们也是第一次看到,不知道是不是跟外国人学的。我又跑回第一部分,只是想看看热闹。我看见浓痰、石块和混着苔藓的湿泥团从不同方向来到何老头身上,那些湿泥团是他们刚从阴凉潮湿的墙角抠出来的。我什么东西都没往何老头身上扔,因为我不知道他到底干没干过坏事;也不敢,他是我老师,教我所有的功课,礼帽还在我床底下。一想到礼帽我就紧张,当时头脑进水了一定,拿帽子能当饭吃啊。

后来又想,要把礼帽带来就好了,给何老头戴上。他的高帽子被打掉了,刘半夜两个儿子帮他戴上几次又被打掉,刘半夜的儿子就烦了,装作没看见,一脚踩上去,再不必捡起来了。石块、泥巴和痰就落到他无限接近秃子的光头上。有血流出来,黏嗒嗒的浓痰也摇摇欲坠地挂下来。可是何老头像突然哑巴了一样,怎么打都不吭声。

你倒是说两句话呀。你就不说。

4

队伍从东大街刚拐上花街时,韭菜迎面甩着两只胳膊跑过来,风把她的头发往后吹,胸前汹涌着蹦蹦跳跳。她越过打锣敲鼓的人看见何老头低着脑袋看自己脚底下。

韭菜喊:"爸!爸!你干什么?我昨天就找你!"

何老头的脑袋一下子抬起来,他张嘴要说话,嘴唇干得裂开了两个血口子。刘半夜的两个儿子立马拉直了他的胳膊,韭菜已经闯到了他们面前。她对着刘半夜的两个儿子的手每人打了一巴掌,"抓我爸手干什么?"然后要去拉何老头,突然看见何老头脖子上挂的纸板,歪着头看了一会儿,指着纸板说,"爸,回家我做饭给你吃。这个是什么字?"

锣鼓声停下来,所有人都看韭菜。刘半夜的大儿子也愣了一下,然后松开何老头去推韭菜,韭菜就叫了,两手章法全无地对他又抓又挠。刘半夜的儿子躲也躲不掉。

何老头哑着嗓子说:"韭菜,你回家。回家。"

韭菜说:"爸,他打我,我要跟他打!"一把抓到刘半夜儿子的脸上,两条血印子洇出来。刘半夜的儿子感到了疼,抽出手摸一把,看见了血,狂叫一声发起狠来,第二下就撕破了韭菜的上衣,露出了半个胸脯和一只白胖的乳房。何老头想冲上去护着她,刘半夜的二儿子抓牢了他的手,何老头只好含混地叫,脖子和脑门上的青筋跳起来,头上又开始流血。周围人的脚尖慢慢踮起来了。

有人在我耳边说:"木鱼,好看吗?"

"看什么?"我说,然后才对那声音回过味来,是大米。

"当然是那个了。"大米意味深长地对我笑,右手做出一只瓷碗的形状。

我的脸几乎同时热起来,"我没看,我在看何老头的光头。"

"没看什么?"三万的脑袋从另外一个地方伸过来,"还说他小,小什么? 心里也长毛啦!"

"我心里没长。"我说,不知道该如何争辩。

"那哪个地方长了?"满桌的嘴也伸过来。

三万把满桌往后推一下,说:"再问一次,给只小狗怎么样?"

"你问我爸妈要吧,他们都答应人家了。"

大米看着韭菜的胸前,抹了一把嘴。我看见我妈来了,她把韭菜往外拉,要给韭菜整理衣服,韭菜挣了半天才顺从。她还想再抓刘半夜儿子几道血印子。大米一直都盯着韭菜看,说:"不给拉倒!走!"三万、满桌和其他几个跟在他屁股后头走了。

他们拂袖而去,走得雄赳赳气昂昂,弄得我心里挺难受。同学们差不多都跟着大米他们玩,大米走到哪里后头都有一帮人,看起来都很高兴。好像不管干什么他们都开心,我就不行,我经常一个人郁郁不乐,整天像头脑里想着事一样。到底想了些什么,我也说不上来。后来我花了两天时间仔细想了一遍,觉得问题可能出在声音上,我尖声尖调,大米觉得配不上和他们玩。一点办法也没有。他要小狗我又帮不上忙,我妈说了,早就许过人家了,我的任务就是好好把它们养到满月。养就养吧,反正我喜欢这几个小东西。

游街的队伍乱了一会儿又正常了。我妈总算把韭菜弄走了。"韭菜是个好丫头。"何老头对我妈说,"你相信我,我什么伤天害理的事都没干,你们一定要相信我。斗死我都无所谓,就是毁了韭菜,她以后可怎么过日子。"他让我妈把韭菜带回家,韭菜不肯,何老头就说,"韭菜听话,回家做饭给爸吃。爸再跟着他们转一圈就回去吃饭。"

然后锣鼓又敲起来。我妈牵着韭菜的手,带她回家。这回乱扔东西的人少了。

游街一直到半下午才结束,我饿坏了。最后敲锣打鼓的声音也空起来,半天才死不死活不活地来一下,因为朗诵的小孩在转倒数第二圈时就全走光了。没了朗诵,锣鼓只好一直敲下去。回到家一个人没有,我找了个饼子边吃边去墙角找小狗,只看到绣球和两只小狗。围着院墙把旮旮旯旯都找遍了,狗毛都没看见。正在院子里发愣,姐姐回来了。我问她,小狗呢?

"我还问你呢。"姐姐说,"我都找了一圈了!你把它们送人了?"

"我没送。"

"见了鬼了!"姐姐说,"就知道吃,还不去找!"

我抱着半截饼子出门找狗。想找一个东西才会发现花街一点都不小,小的是两只狗,随便钻到哪个角落你都看不见。我边找边吹口哨,希望小狗能听见。东大街、西大街、花街都找了,没有,我口干舌燥地沿运河边上走。运河里船在走,石码头上有人在装卸东西,闲下来的人蹲在石阶上聊天,指缝里夹根卷烟。我问他们,看见我家的小狗没有?他们说,你家小狗姓张还是姓李?他们就知道取笑人,所以我说:

"姓你。"

我在二码头边上看见了一只小狗。小狗趴在灌木丛里,脑袋伸出来,下巴贴着地,我对它又吹口哨又拍巴掌,小狗就是不动。我气得揪着它耳朵想拎出来,拽出来的竟只是一颗脑袋。从脖子处已经凝结了血迹的伤口开始,整个身子不见了,小狗睁大了眼。吓得我大叫,一屁股坐到地上。我在那里坐了好大一会儿工夫,潮湿的泥土把裤子都洇凉了,刚吃完的饼子在肚子里胡乱翻转,要出来,我忍着,右手使劲掐左手的虎口,眼泪慢慢就下来了。

后来我折了几根树枝,在灌木丛后边挖了一个坑。埋葬完小狗太阳已经落了,黄昏笼罩在运河上,水是灰红和暗淡的黄。一条船经过,从中间切开了整个运河。

我不敢继续找下去,怕看见另一只小狗的头。

怎么会死在这里？我想不明白,从断头处看,像刀切过,也像撕过和咬过。谁弄死了我的小狗。

刚进花街,遇上满桌,满桌说:"我捡到一只小狗。"

"在哪?"

"在大米家。"

我转身就往大米家跑,满桌说:"跑什么,又丢不了!"他跟着我一起跑到大米家。大米家的院门敞开着,大米、三万和歪头大年在院子里逗小狗玩。没错,就是我家的那只,他们让它一次次背朝地再爬起来。

"小狗。"我唤了一声。

小狗翻个身站起来,摇摇晃晃地向我跑来。我把它抱住,它高兴得直哼哼。

"你家的?"大米站起来,他的声音总是像从肚子里发出来的,"满桌在路上捡到的。"

"是的。"

"你要抱回家?"

"嗯。"

"捡一只狗不容易。"大米说。

"对,又不是满街都是狗。"歪头大年说。

我看看他们,不知道他们想干什么。

"总得拿点东西换换吧。"三万说。

"什么东西?"

大米抓抓脑袋,想不出什么好玩的。过一会儿说:"韭菜——算了,不好弄。"然后自己就笑了,"操,还真没什么好玩的。"

"礼帽,何老头的礼帽!"满桌说,"一定在他那儿。"

"对,礼帽。"大米说,"都把这事给忘了。就礼帽吧。"

我犹豫不决。我想把礼帽给何老头送去的,省得光头上再挨石子、泥块啥的,而且过午他就感冒了,不停地抽鼻子打喷嚏。

"不换拉倒。"大米说,"把小狗放下。"

我说:"换。"

小狗送回家后,我把礼帽从床底拿出来,压扁了塞进衣服里,一路跑到大米家。大米接了礼帽,拉拉扯扯让它复了原形,几个人就用它在院子里玩飞机。刚开始玩,就听见吴天野的咳嗽声,他一年四季都有吐不完的痰。大米赶紧把礼帽藏到牛圈的草料里。他怕他爸,就跟我怕我妈一样。

5

韭菜坐不住,在我家吃过饭,饭碗一推就想跑。到下一顿吃饭,我妈就差我去叫。姐姐不去,她说自己都伺候不过来,还要伺候一个傻子。我妈就骂她,傻子怎么了?你们这些没良心的。姐姐很不服气,说:

"你别这些这些的,这些是哪些?"

"就你们这些。"我妈说,"也不知道心里整天念叨些什么!我就想不通,何校长那样的好人,能干出伤天害理的事?他吴天野说有人举报,谁举报?怎么不说出来?我看就是诬陷!"

姐姐说:"妈,吴天野好像还是你什么表哥吧,还亲戚呢。"

"稀罕！什么表哥,八竿子打不着。我情愿认头猪做表哥。"

多少年我妈对吴天野就没好气,提起就骂,骂他狠,想着法子整人。据我妈说,当年吴天野做村长时就不是好鸟,整个花街人饿着肚子在地里收花生,一粒都不让你吃。开始他让队长在地里跑来跑去监视,收工时扒开每个人的嘴往里看有没有花生渣;后来这个方法不行了,因为吃过后多咽几次口水就找不到花生渣了。吴天野就想出了更好的法子,收工时排队在地头漱口。地上铺开一层沙,漱口水吐到沙子上,偷吃过花生的人吐出来的水是白的,咽再多口水也不管用。我妈说,别人勒紧裤腰带干活,他倒舒服,背着手在地头像田鼠一样转来转去,没事就伸手到口袋里捏两颗花生米扔到嘴里。

我妈骂我姐的意思就是这个,自己想怎么吃就怎么吃,别人一动嘴就看着不顺眼。

当然我姐不是这样的人,她只是懒得跑。只好我去。

何老头家在学校后面,一个独立的小院。我敲半天门没人开,我就喊韭菜韭菜,院子里有两只鹅疲惫地嘎嘎应对,听声音饿得快不行了。这傻子不知道跑哪去了。我在院门口绕来绕去,被臭蛋他妈看见,臭蛋他妈说,往西走了。我按她指的方向找,一条巷子走到头也没看见,社会的老婆抱着孩子告诉我,拐下南了,我就往南找。过五斗渠就看见韭菜在小跑,我喊韭菜韭菜,南风吹过她的耳朵,听不见。我想再喊,看见前面晒场上的一排草垛顶上飞起一个东西,黑的,圆的,像头朝下的一个大蘑菇。我刹住脚。

接着看见大米、三万、满桌和歪头大年在草垛之间跑,叫声顺风飘过来,就是嗷嗷的胡乱喊。韭菜继续往前跑,她显然是冲着礼帽去的。果然,她边跑边喊:

"帽子!那是我爸的帽子!谁让你们拿我爸的帽子!"

她跑近了,大米他们停下来,任她怎么抢怎么叫,就是不给。他们几个诡异地相视而笑。我没敢过去,怕他们说出礼帽是从我手拿到的。他们重新让帽子飞起来,几个人传来传去,逗韭菜玩。韭菜一直拿不到帽子,气得坐到地上号啕大哭,抓起地上的土四处扬。大米他们可能怕被别人看见,又逗了韭菜一会儿就拿着礼帽跑了。

他们走远了我才上前。韭菜要礼帽,我说不管"里帽外帽",先吃饭再说。

"我先要礼帽再吃饭!我爸会感冒,会流鼻涕,淌眼泪,打喷嚏。"

我说:"先吃饭再要礼帽。"

"先要礼帽再吃饭!"

"吃了饭我就去给你找礼帽。"

"真的?"韭菜立马停住哭声,仰脸看我,伸出沾满泥土的小指头,"拉钩,上吊!"

好吧。我也伸出小指头,拉钩上吊。韭菜一下子笑了,爬起来,裤子上的泥土都不拍,说:"噢,吃饭吃饭。"

韭菜真的推掉饭碗就要我去找礼帽。这死傻子。我妈说,好,让他找,找到了送给你。可我到哪里找,我说不知道在哪。我妈就给我使眼色,我就说好吧,现在就去找。我要不答应她就不跟我妈到菜园去。我出了门,瞎晃荡一圈,实在无聊就去看何老头游街了。

已经没什么好看的,还是老样子,敲锣打鼓,重新找了五个小孩跟着朗诵,内容基本不变,只是措辞上有点小改动。再就是胸前的纸牌子换了,字也换了:

看似知识分子
其实衣冠禽兽

还是何老头自己的字,写得不如上一次认真,看来何老头自己也失去耐心了。何老头一边低头被游一边鼻涕眼泪往下掉,感冒在加重,偶尔还咳嗽。敲锣打鼓的还是那两个,劲头明显懈怠,敲出的锣鼓点子懒洋洋的敷衍了事,我估计是因为观众少了。这样的游街多少有点单调,几圈之后就不愿意再跟下去。何老头有时候甚至会抬起头看看,可能是吐痰扔石子的少得让他觉得寂寞了。精神抖擞的只有刘半夜的两个儿子,他们还像刚开始那样兴致勃勃。真不容易。

我跟着队伍把西大街、东大街和花街转一圈,就去石码头玩了。运河水突然涨起来,水流变粗变浑,翻涌着从上游下来。听说那地方连天暴雨,淹了,老屋子都被雨水冲倒了。石码头聚了不少人,看沉禾从运河里捞东西。他把两根长毛竹接在一起,前头装了个铁钩子,上游漂下来什么他就捞什么。我到的时候,石阶上已经摆了死猪、死猫、树根、锅盖、木箱子、小板凳。大家都说,按沉禾这样捞法,迟早能捞上来一扇大磨盘。

到天黑他也没捞到一扇磨盘。我傍晚时回的家,发现小狗又少了一只,找了半天没找到,就跑到石码头看沉禾捞上来的小动物。有一只死小狗,不是我家的。这时候天已经黑了。

6

第二天上午继续找小狗。先是三条街找,见人就问,然后就去运河边上,附近的灌木丛、芦苇荡都看了一遍。没有。又去石码头,沉禾还在捞东西,死狗倒是有几条,没一个像我家的。出了鬼了。后来遇到韩十二的小叔,他刚在八条路上看见一只狗,让我过去看看。我问他那狗什么颜色,他说没看清楚,只是远远扫一眼,好像看见了一个小脑袋晃了一下。我就往南找。

八条路在花街南边,那地方是一片大荒地,因为要穿过一片坟地,平常很少有人去。当时我根本没想到小狗根本跑不了那么远,稀里糊涂就去了。一路走走停停,进了坟地。坟墓之间长满松树,穿过时阴郁清凉,心里跳跳的。要不是大白天,打死我也不往这地方跑。快穿过坟地的时候,隐约听见附近有人说话,吓得我想往回走,然后觉得那声音有点耳熟,生铁似的,像大米的。说什么听不清楚。我弯腰在坟头和松树之间找,半天才看见一个人影在坟堆和松树之间闪动一下。

阳光从树冠之间落下来,我踩着那些白花花的阳光往那个方向小心地走。说话声越来越大,不止一个人。

一个人说:"脱。"

又一个人说:"快脱。"

另一个人说:"再往下一点。"

然后是大米的声音:"想不想要?"

我贴着坟堆往前走,忽然听见韭菜说:"给我!给我!"

有人干干地笑出声来,另一个人也笑,应该是三万和歪头大年。然后我越过一个坟头看见大米和满桌站在两座坟之间咬着耳朵说话,都把胳膊抱在怀里。三万和歪头大年分别坐在两座坟的坟头上,三万用右手食指摇动何老头的黑礼帽。

"快点,"三万说,一脸怪异的笑,"看,帽子就在这儿。"

我不敢再往前走了,躲到一个坟堆后面,歪出脑袋看。他们叫了一声,又叫了一声。一座坟堆后面升起韭菜的后脑勺,然后是她的脖子,紧接着,快得我来不及反应就露出了光脖子和光后背,然后我看见韭菜向三万跑过去。天哪,韭菜光着一个白得刺眼的身子,屁股大得像两个球。我陡然觉得有东西噎在嗓子里,打了一个响亮的饱嗝,吓得赶紧蹲下来。大米警惕地喊了一句:

"有人!谁?"

其他几个人也警惕地四处看:"谁?在哪儿?"

好一会儿没动静,韭菜也停在半路上。

歪头大年说:"没人呀,你听错了吧?"

大米说:"刚才好像有人打嗝。可能我听错了。"

三万又干干地笑出声来,说:"这鬼地方哪来的人。大米,你先来?"

"还是你先来,"大米说,"我等等。"

三万说:"还是你先来吧。要不,满桌你来。"

满桌说:"还是大年来吧。大年不是一直说自己东西大嘛,试试。"

歪头大年也干干地笑,"说着玩的。"他说,"还是三万来。你不是做梦都做过了,轻车熟路。"

韭菜又叫起来:"帽子给我!我爸的帽子!"

我伸长脖子,又打了一个饱嗝。实在忍不住。你说我看见了什么!我看见韭菜正往我这边转身,两只白白胖胖的圆乳房上下在跳,然后是两腿之间乌黑的那一团。一看韭菜那样子我就慌,心跳快得感觉要飘起来。我实在是忍不住那个嗝,为了把它打出来我脖子越伸越长。

大米说:"快,有人!"

三万几个人转身就要跑,大米让他们站住,大米说:"先看是谁!"

我一听,要命,撒腿就跑。歪头大年在后面喊:"是木鱼!"

大米说:"追,别让他捅出去!"

他们几个人在后头边追边喊,让我停下。哪敢停下,我都希望胳肢窝里长出四个翅膀来。没想到我能跑那么快,他们到底没追上,前面的路上有了人,他们不敢再追了,拐了个弯从另外一条路往花街走。我停下来,一屁股坐到地上,现在感到两腿发软了。

坐了两根烟的时间,想起来韭菜还在坟地里,站起来去找她。她穿好衣服过来了,上衣的扣子扣错了位置。见到我就说:"帽子!我爸的帽子!"

"帽子在大米他们那里。"

"我要帽子！你给我帽子！"

我就怕她傻起来像耍赖,她好像根本不知道刚才自己脱光了衣服,揪着我衣服让我给她帽子。我说好,你撒手。她总算撒了手,说:"我今天就要。"

"好。"我说,"那你以后不能乱脱衣服。"

"嗯,不脱。我要帽子。"

我带着韭菜往花街走,路边是条水沟,水不多草倒不少。走着走着韭菜不见了,回头看见她正歪着脑袋蹲在水沟边看,我叫她,她说小狗,小狗。我心里一惊,都把这事给忘了。我跑过去,她指着水草之间的一个东西说:

"小狗。小狗。"

我看完第一眼就捂上嘴。没错,就是要找的那只。只剩下一个头,这次眼是闭着的。我拉起韭菜就走,不想再看下去,也不想再去把它像上一只那样挖坑埋掉了。韭菜一路都念叨,小狗,小狗。

7

回到家,我把这一只小狗的死告诉了爸妈。报告这个消息时,我蹲在狗窝旁边,不自主地为余下的两只担心。一家人围着我也蹲下,你一嘴我一嘴猜测,还是弄不明白它们怎么就只有一个头了。什么样的动物有这种爱好？想不出来。我们也没得罪过什么人啊。可是,小狗的身子还是没了。一想到那两个小脑袋,我就觉得身上发痒,牙磨得咯吱咯吱响,鸡皮疙瘩到处跑。太让人发指了。

"一定有人算计咱们家。"姐姐说。

"哪个狗日的算计我们了?"我说。

"什么算计。"我妈说,"要算计也不会就算计两条小狗。"

"不管怎么说,防着点好。"我爸说,"人家在暗处,我们在明处,得找个彻底解决的办法。"

"送人。"我妈说,"现在就送。"

没满月也送出去。我心里咯噔一下。我知道总有一天它们都要被送出去,可真要送出去还是相当难受,回不过神。我妈拍一下我的后脑勺,还愣,给天星和南瓜家送去。我抱着小狗不动,我妈又说:

"等着给人家弄死啊?"

我一下子跳起来,抱上一只就往外跑。我要把你送给天星家了,我对小狗说,心疼得眼泪掉下来。绣球在窝里汪汪叫,小狗也哼哼。

经过大米家,我把小狗藏到衣服里面,迅速跑过他家的门楼。大米他们都在家,三万、满桌和歪头大年叽叽喳喳地说笑。从天星家回来,他们还在说笑。我接着抱第二只小狗去南瓜家,再经过那里,他们的声音就没了。院门一扇关一扇闭,我向院子里瞄了一眼,一个人没有。送完小狗,我一路踢着小石子经过花街,心情非常沉重,那感觉就是两块肉活生生地挖给别人。大米家的院门还是半开半闭,我停下来,突然冒出的想法吓我一跳。

接下来又吓我一跳,我进了大米家的门。院子里一个人没有。我直奔牛棚,那堆草料,草料中间的缺口不仔细看很难发现。我悄无声息地凑过去，一伸手就抓到了，塞到衣服里就往外跑。出了院门才知道看看周围有没有人，然后感到了剧烈的心跳。

拿到了。我竟然从别人家的院子里偷了一个东西。

我妈在厨房里烧水，随口问了一句："送去了？"

"嗯。"我说，赶快进了自己的屋。

把礼帽塞到床底，我坐在床头发呆，想着直接给韭菜是否合适。她可是个傻丫头，说不准嘴皮一动就把我卖了。我不放心。后来决定还是先问问我妈。

"在哪拿的？"我妈问。

"大米家门口捡的。"我低下头，"何校长头破了，感冒了。"

"别给丫丫，省得她惹事。直接给何校长。"

"他是不是关在大队部？"

"好像不在。"我妈说，然后问我爸，"何校长关在哪儿？"

"反正不在大队部。"我爸正在修渔网，"卫生室在大队部，人来人往的，没听说有人看见他关在那里。"

何校长关在哪里也成了问题，这两天都把这事忽略了。具体关在哪儿，我爸妈也说不出个头绪来。姐姐带着韭菜从门外进来，韭菜见到我就要礼帽。我看看我妈，我妈让我拿出来。她把礼帽形状整好，对韭菜说：

"丫丫，帽子找到了，让木鱼送去行不行？"

"不行！"韭菜说，"我送，是我爸的帽子！我要见我爸！"

"你不能送。"我妈说，"支书说了，你要送他就把你爸关上一辈子，你就再也见不到他了。"

"真的?"

"真的。"

"那好吧,不送了。"韭菜翻着白眼,对我说,"那你现在就送!"

"好,我这就送。"我找了个口袋装礼帽,甩在背上出了门。到石码头上看沉禾捞了一阵东西就回来了。运河里的水还在涨,上游的天一定是漏了。进门的时候我把礼帽藏到衣服里,抖着空袋子给韭菜看。我说,"看,帽子送给你爸了。"

韭菜笑眯眯地说:"这下好了,我爸不淌眼泪不流鼻涕了。"

淌不淌眼泪流不流鼻涕谁也看不到,今天没游街。我爸早上去石码头,听刘半夜说,游街先停停,都累了,养养神再游,他两个儿子都在家睡觉呢。石码头上的几个人还向刘半夜打听何老头关在哪里,刘半夜摆摆手说不知道,他那两个龟孙儿子回到家一个屁不放,都快成吴天野的儿子了。

8

几个小狗都没了,绣球没事就在窝边转悠,有时候正在门口走,突然就反身往家跑,到了窝前就呆呆地站着,悲哀地哼。给东西也不大吃,闻一闻就饱了。我若叫它,它就把脖子贴着我的腿蹭来蹭去,眼里湿漉漉的要哭。我就安慰它,别难过绣球,明天咱再下一窝小狗。不知道它听没听懂,摇摇尾巴出了门。这一出门就没回来,天黑了还听不到动静。

姐姐说:"找小狗去了吧?"

找也不能找到现在啊,天黑了人还知道往家跑呢。我不放心,潦草地扒了几口饭就出去找绣球,怕它像那两只小狗一样,只剩下了个脑袋。

绣球不是小狗,只要听见我的声音它就会跑出来。我只顾赶路,嘴里发出各种声音,吹口哨,唤它的名字,自己跟自己说话。有人从我身边经过,都扭过头看我,怀疑我头脑出了毛病。几条街都找了,尤其是天星和南瓜家,都没有。奇了怪了,绣球在我家已经养了六年,闭着眼也能找到家门的。

那天晚上的月亮像一片弯弯的薄刀刃,血红地垂在半天上。运河里的水是黑的,有几盏灯在船上含混地亮,我在地上看不清自己的影子。灌木丛里有奇怪的小虫子在叫。因为吹口哨,我的嘴麻了;因为唤绣球和自言自语,嗓子干了,绣球还是没找到。血红的薄刀刃月亮在走,我到废弃的蘑菇房时应该挺迟的了。

蘑菇房在运河边上,很大,连着五大间,早些年一直种蘑菇。后来不知什么原因不种了,荒废在那里。屋子里一层层的蘑菇床逐渐被人拆完了,拿光了,剩下空荡荡的空房子。门常年锁着,阳光都进不去。我们在夏天倒经常进去,是从屋后的通气孔爬进去的。在运河里洗完澡,几个人一起往里面钻。一个人不敢进去,里面阴冷潮湿,霉烂的味道熏得人喘不过气来。有轻狂的小孩钻进去,喜欢在里面拉屎撒尿,所以里面还臭烘烘的,光线好的时候能看见苍蝇、屎壳郎和骨瘦如柴的老鼠在地上乱跑。

那天晚上蘑菇房黑魆魆的像个大怪物,看得我心里直发毛,所以我走得小心,贴着墙根轻手轻脚地走,突然脚底下一滑,凭感觉是踩到了一泡野屎上,叫了一声。叫声之外一片寂静,小虫子的叫声也成了寂静的一部分。我甩着脚,准备往河边的草上抹,听见一声哼哼。我停住脚,又听到一声哼哼。

"绣球?"我小声唤一下。

又是哼哼。

"绣球!"我把声音放大。

绣球的哼哼声也变大。我断定声音是从蘑菇房里传出来的,才敢把头凑进通风口。

"绣球,"我说,"你怎么在这里?出来啊。"

绣球悲哀地哼哼几声。

里面突然有个人声说:"是木鱼?"吓得我把头往后一缩,撞到了墙上。那声音继续说,"我是何校长。"

"何、何校长,你怎么也在这里?"

"几天了都在。绣球倒是下午才来。"

"它怎么会到这里?"

"大米他们把它鼻子穿了绳子,扣在这里。"

"大米?"

这狗日的,为什么要把绣球弄到这里来。我把头伸进通风口,什么也看不见,只闻到一股霉烂和臊臭味,还有隐约的血腥气。何老头咳嗽了一声,绣球跟着也哼哼了一下。爬进蘑菇房我是憋着一口气的,否则熏不死也丢半条命。脚底下滑了一下,不知道又踩到了什么。伸手不见五指的黑,只有绣球的两只眼放着光。

"看不见呀,何校长。"我说。

"等一下就适应了。"

等了一下还是看不清楚。绣球在前,哼哼地叫;何老头在后,嗓子里絮絮叨叨的痰吐不出来。两个都是个囫囵的影子。我对着绣球的影子伸出手,碰到了一根绳子,绣球凄厉地叫了一声。

"别动绳子。"何老头说,"绣球穿了鼻子了。"

何老头的意思是,绣球像牛一样被穿了鼻孔。我知道穿了鼻孔的牛,你动一下缰绳都疼得要它的命。因为看不清穿鼻绳的位置,缺少断开穿鼻绳的灯光和剪刀,我就从通风口原路爬出来,一路跑回家。爸妈他们都睡了,我把动静尽量放小,拿了手电筒和剪刀就往蘑菇房跑。跑到半路,想起何老头的礼帽,又跑回家拿。

灯光一照,蘑菇房里脏得实在不能看,何老头和绣球一个头上有伤,一个鼻子上有血,在灯光底下形如鬼魅。绣球对着灯光可怜地哀鸣。何老头遮住眼,受不了强光,过一会儿才把手拿开。我把礼帽递给他,他不要,让我带回去先收好。我可不想再收了,还是给你的好,正好治治感冒。顺手扣到他头上,疼得何老头直咧嘴。何老头帮着打手电,我剪穿鼻绳。狗日的大米贴着绣球鼻孔打了个死结,费了我不少工夫才剪开。整个过程绣球一声不吭,剪完了才开始亲热地舔我的手,眼泪一滴滴往下掉。

"绣球,绣球。"我说,"好了,咱们可以回家了。"

然后要给何老头解绳子,何老头不让。"不能连累你,"何老头说,"斗几天就该放我回去了。"

"我妈说,吴天野坏得头顶长疮脚底流脓,还是跑了好。"

"不行,我不能让他得逞。我跑了,那更称了他的心,乡亲们还不以为我真干了伤天害理的事。"

"真不跑?"

"不跑。"

"好吧,我爸妈都说你是好人。"我摸着绣球的脖子,"韭菜在我家,老是要找你。"

"千万别让她知道我在这里,过几天就出去了。"他把礼帽拿下来,又要给我,"你拿走,出去了我问你要。"

我没要,已经够我麻烦的了。我说还是你戴着吧,抱着绣球就走。他让我站住,我已经把绣球从通风口塞出去了,然后自己也爬出来。月亮很高,脚底的草唰唰地响,经过之处露水遍地。

9

一大早我爸妈就在院子里说话,叽里咕噜的,绣球也跟着叫唤。他们总是这样,起得挺早,起来了又干不了多少正事,一个鸡食盆子的位置也能争论大半个早上。我换了个姿势想继续睡,又感到有点憋尿,就爬起来上厕所。爸爸蹲在井台边磨刀,妈妈在洗衣服,干活时两人的嘴都不闲着,看见我就停下了争论。

"木鱼,起这么早干什么?"我爸问。

"上厕所。"

"接着睡，"我妈说，"没什么事。"

当然要继续睡。离太阳升起来还早，花街上空笼着一片湿漉漉的灰色。花街就这样，大清早都像阴天。我撒完尿回来，爸爸还在磨刀，妈妈还在洗衣服，他们还在咕咕哝哝。我回到床上，一歪头睡着了，还做了一个梦，梦见绣球又下了四只小狗，一只黑的，一只白的，一只黄的，一只花的，每只小狗都长了一身光滑闪亮的长毛，跑起来像个大绒线团。绣球逗着四只小狗玩，高兴得直叫，一直叫，开始叫得挺开心，叫着叫着就不对了，很痛苦，成了绝望的哀鸣。那叫声让我都听不下去了，因为难受我就醒了，睁开眼还听见绣球在叫。我坐起来竖起耳朵再听，真的是绣球在痛苦地叫。

我伸长脖子往窗外看，看见绣球躲在窝后趴着，痛苦地哼哼。爸爸向它招手，绣球犹豫一下，站起来踉踉跄跄向他走去。爸爸抚着绣球的脑袋，慢慢地把它夹在左胳膊底下，右手突然往绣球脖子底下猛地一送，绣球的身体剧烈地抖起来，叫声凄惨可怖，尾巴一下子也夹到两腿之间。爸爸松开手，绣球跑了出去，又躲到窝后边。爸爸迅速把右手藏到了身后，我看见了一把血淋淋的锋利的剔骨刀。

爸他在干什么？我在床上就喊起来，我喊："爸！爸！绣球！绣球！"穿着裤衩跑出屋，我继续喊，"绣球！绣球！"

爸爸说："没你的事，回屋去！"

"你杀绣球！"我冲着他喊，"你杀绣球！"绣球气息奄奄地趴在窝边，两眼半闭，无神地看着我。它想对着我摇尾巴，举了几次都在半路上掉下来。我又喊，"绣球！绣球！"它听见了，努力睁开眼，它想站起来，前腿蹬了几次都没起来。绣球对我缓慢地摇头,每摇一下脖底下就洒出一些血。我伸出两只手喊,"绣球!绣球!"眼泪哗哗地掉下来。绣球的毛一下子张起来,柔软的毛当时就直了,脑袋猛地仰起来时前腿也跟着蹬直,后腿随即用力,站起来了。绣球摇摇晃晃向我走来时,血滴滴答答往下掉,到我面前还是直直地站着。我蹲下来,把手心给他舔,然后低头看它脖子底下的刀口,只看见一大团血污把毛染得黑红。"绣球!"我说,要去抱它,被爸爸一把推倒在地上。爸爸的刀子再次扎进绣球的脖子底下,有血喷到我腿和脚上。我抹了一手的血,大哭起来。

绣球摇晃得更厉害了,浑身的毛开始一点点弯曲,下垂,然后紧紧地贴到皮肤上,像一朵花在瞬间衰败。先是后腿软得支撑不住坐下来了,然后是前腿,一截一截地弯折,先是跪,接着趴下了,越趴越低,整个身体贴到地面上。下巴搭在我的左脚面上。绣球抖得毫无章法,嘴角慢慢流出血来。它看着我,眼睛里的光越来越暗淡,就像有些东西越走越多,留下的越来越少。两只眼开始关闭,慢得像它的呼吸,它吹到我脚面的热气越来越轻越来越稀薄,然后眼里胀出了泪水,两只眼完全闭上时,两滴巨大的黏稠的眼泪慢慢滚下眼角。我感觉到绣球的下巴震动一下,放松了,整个身体随即摊开来。绣球的脑袋歪在我的脚面上,不动了。

我说:"绣球。绣球。"绣球听不见了,它的耳朵垂下来,堵在了耳眼上。

爸爸扔下刀要来扶我起来,被我一拳打在两腿之间,他立马捂住裆部弯下了腰。"疯了你啊!"我爸说,"找死啊你!"

"你为什么把绣球杀了?"我愤怒得对着自己的大腿一个

劲儿地打。

爸爸的疼痛减了一些,一把将我拎起来,"站好了!"我爸说,"我不杀等着别人杀啊?你不想想,人家都杀了我们几条狗了!有人惦记你,你以为绣球能活几天啊。"

我不管。绣球死了。我重新坐到地上,摸着绣球的鼻子无声地流眼泪。绣球的鼻子还湿润着,穿鼻绳留下的血痂还在。绣球。绣球。我坐在地上把它身上的毛理顺了一遍,让它像平时睡觉时一样趴着。

10

爸爸把绣球吊在槐树上开膛破肚我不在家,整整一天我都在外面晃荡,一口饭没吃。吃不下,一想到绣球死了我就什么都不想吃。这一天我沿着运河走了不下二十里路,心里头恨我爸也恨大米。我不知道那两条小狗是不是也是大米他们杀的,我就是想不通他们为什么好好的就要杀掉一条狗。运河水浑浊不堪,上游的雨还在下。我觉得全世界的水都流进运河里了。

半下午回来经过西大街,看了一会儿何老头游街。他的礼帽没戴,光着脑袋在风里走。这一次他没低头,而是仰着脸,那样子倒像领导下来视察。他一把脸仰起来就没人敢对他吐痰扔石子了,因为他的目光对着周围的人扫来扫去,看得很清楚。

在花街上遇到了歪头大年。大年说:"找你呢,大米让你去他家玩。"

"不去。"我说。

"不给大米面子?可是他让我来找你的。大米说,如果你去,咱们就是一伙儿的了。"

我犹豫了半天才说:"家里有事。"我不能去。他们害了绣球,我从大米家偷了礼帽,怎么说也不能去。

歪头大年悻悻地走了。

回到家,天已傍晚,青石板路上映出血红的光。我妈在厨房烧锅,韭菜和我姐围着锅台兴奋地转来转去。韭菜搓着手说,香,香。我也闻到了,但闻到的香味让我翻心想吐,肚子里如同吞下了块脏兮兮的石头。韭菜又对我说,香,香。

我对着她耳朵大喊:"香!香你个头!"

韭菜咧着嘴要哭,对我妈说:"他骂我!他要打我!"

我妈说:"别哭,我打他,你看我打他。"然后把我拉到一边,问我,"那个,肉,你能不能吃?"

我摇摇头,"不饿。"径直往屋子里走,"我困了,想睡一觉。"

被我妈叫醒时天已经黑透,他们吃过了晚饭。给我留下的饭菜摆在桌上,菜是素的。我坐到桌边,用筷子挑起一根菜叶晃荡半天,还是放下了,然后喝了点玉米稀饭就站起来。吃不下,一点吃的心思都没有。月亮变大了一点,成了血红的半圈饼子,院子里前所未有地安静,这个世界上缺几声狗叫。我妈从厨房拎出一个用笼布包着的大碗,递过来说:

"你给何校长送去,可能几天没正经吃东西了。"

不用猜我也知道碗里装的什么。我接过来,一声不吭往外走。花街的夜晚早早没了声息，各家关门闭户，偶尔有灯光斜映在门前的石板路上，蓝幽幽的泛着诡异的光。石码头前面晾满了沉禾打捞上的大大小小的东西。蘑菇房远看就是个巨大的黑影子。我来到屋后，正打算对着通风口向里说话，听到有人开锁的声音，紧接着吱嘎一声门响，一个影子进了蘑菇房，突然打开手电，何老头被罩在光里扭着身子。

手电筒的光在蘑菇房里走来走去，他们两人好长时间都不说话。后来那人拿出一个东西晃到手电筒前，是礼帽，我心下一惊。我说怎么今天游街没看见何老头戴帽子。那人说话也吓我一跳，生铁似的声音，猛一听像大米，再听几句就发现不是，比大米的声音老，声音里总有丝丝缕缕纠缠不清的东西。是吴天野，他有咳不尽的痰。吴天野摇着礼帽说：

"老何，今天游街感觉还好？"

何老头哼了一声没理他。

"我知道你恨我恨得牙根都痒痒。"吴天野说。他走到何老头面前蹲下来，手电筒夹到胳肢窝里，灯光正对着何老头的脸。我慢慢也看到了吴天野轮廓模糊的脸。吴天野一手拿着礼帽，另一只手的中指嘭嘭地弹响礼帽。"这个东西还真不错，戴上就人五人六的样儿，怪不得咱花街的人都把你当个人物待。"

"吴天野，你究竟想怎样？"何老头说。

"不怎样。"吴天野站起来，夹着手电筒慢慢围着何老头转圈，一手拿礼帽拍打屁股，"我能怎么样？就这么游游斗斗。"

"就是个礼帽碍你的眼，你就整我？"何老头说，连着一阵咳嗽。

"何校长,这你就错了。原来我还真以为就是个礼帽扎我的眼,咱这小地方,戴上你这东西就高人三分。今天我把礼帽拿回去,戴上了才发现不是这回事,帽不帽子不是关键,关键是你这个人,书上怎么说的?知识分子哩。知识分子。对,就是这个,大家就是敬畏你这个知识的分子。"

"你明知道我是真心把韭菜当亲生女儿养的。糟践我就算了,你连一个傻丫头都不放过!"

"不是个傻子还不好办哪,反正她也说不出个道道来。"

"吴天野,这些年了,你还容不下一个外地人。我忍着,你还是变本加厉。好,除非你把我整死了!"

"想去告我?"吴天野笑起来,灭了手电,蘑菇房一下子黑得像团墨,"想也别想。你拿什么证明你们爷俩的清白?我劝你还是别烦那个神了。"吴天野在口袋里摸索出一根烟,点上,吐一口烟雾接着说,"不是不容外地人,是你扎我的眼。看看这花街,都说你的好,有那么好吗?我不信,所以要让大伙儿看看。"

手电亮了,吴天野把礼帽给何老头戴上。"来,戴上,明天就戴着礼帽游,让乡亲们开开眼,我们的大知识分子也干禽兽不如的事。"他又摸出一根烟,点着了塞进何老头嘴里,"这地方虫子多,潮气重,抽根烟熏熏,对身子骨有好处。看,我可没亏待你。"

吴天野蹲在何老头对面,两人不再说话,直到抽完了那根烟他才锁上门离开蘑菇房。

我听见他的脚步声越走越远,才拎着碗爬进蘑菇房。

何老头说:"谁?"

"我,木鱼。给你送吃的。"

我把手电打开,光线罩住碗,扭过头去。何老头掀开盖子时我闻到香味,的确是那种诱人的香味,我肚子里咕噜咕噜叫几声,但还是没胃口。

"什么肉?"

"狗肉。"

"绣球?"

"嗯。"

何老头的咀嚼声停住了,嘴里含混地说:"绣球。"

11

本来何老头的游街已经索然无味,花街人已经没什么兴趣,也就是溜一眼,今天不一样了,溜完一眼溜第二眼再溜第三眼,三三两两又围成了一大圈。何老头戴着礼帽游街了,大伙儿觉得怪兮兮的。在平常,何老头的礼帽在花街一直是正大庄严的,那是知识、文化,是个一看就让人肃然起敬的东西;现在它和一前一后的两张大纸牌在一起,纸牌子上又是那样的内容,两个弄一起就有点不对劲儿。别扭在哪里,说不好,反正意味深长。所以溜完一眼就站住了,接着看。打鼓敲锣的受到鼓舞,空前卖力,刘半夜的两个儿子也挺起腰杆,收起前两次的松散,像当兵的一样咔嚓咔嚓走起路来。朗诵的三个小孩也是新的,声音脆得像水萝卜,节奏鲜明。

不管怎么说,这是相当成功的游街,起码在场面上是。

我也一直溜了下去,一边后悔没按何老头说的替他保存礼帽,一边又舍不得走。戴礼帽游街真是有点意思。

快到中午,游街的队伍走到大队部门口,韭菜不知从哪里冒出来,上来就踹刘半夜的两个儿子,一人一脚。刘半夜的两个儿子没提防,赶快撒了手去挡韭菜。韭菜又哭又叫,骂他们的爹妈,也就是刘半夜和他老婆没屁眼。刘半夜的两个儿子急了,一个揪头发,一个拽衣服,要把韭菜轰走。韭菜逮着谁抓谁,逮着谁咬谁,何老头让她停下也不听,一口咬住了刘半夜大儿子的胳膊,疼得他龇牙咧嘴。等她松开口,刘半夜大儿子的胳膊已经鲜血淋漓。

韭菜说:"让你押我爸!让你押我爸!"

刘半夜的二儿子一脚把韭菜踹到人群里,幸好很多人接应才没摔倒。锣鼓声停了,两个人握着锣槌鼓槌躲到一边,三个小孩被吓哭了两个。有人闹起哄来,刘半夜的两个儿子气急败坏要追着韭菜打,架势都摆了,这时候吴天野从大队部出来,喝了一声,刘半夜的两个儿子就不敢动了。

游街因此草草收了场。韭菜想把何老头拽回家,被别人拉住了,又是一阵蹦跳和叫骂。

绣球和小狗都没了,游街也没了,找不到事干,午觉又睡不着,我一个人丢了魂似的在花街上游荡。游荡也没意思,好像所有人都有自己的事忙,就我一个闲人。转了大半个下午,还是去了石码头看沉禾捞东西。沉禾是捞出甜头了,见什么捞什么,捞到好东西私下里就卖给别人。大家就开玩笑,说沉禾即使发不了财,捞个好看媳妇应该不成问题。

正看沉禾捞上来一把竹椅子,满桌跑过来找我,把我拉到一个没人的地方,鬼鬼祟祟地说,到处找我,总算逮着了。

"干吗?"

"大米有请。"

"我一会儿有事。"

"你最好还是去。"满桌一脸坏笑地说,"我们都知道谁是小偷。"

"什么小偷?"

"从大米家偷礼帽啊。"

"找我有事?"我挺不住了。

"去了就知道了。"

满桌在前面走,我在后面跟着。一路向南。远远看见了那片坟地,我有点怕了,磨磨蹭蹭不愿再走。

"走啊!"满桌说。

"到底什么事?"

"放心,绝对是好事。"满桌又是一脸坏笑,"大米想跟你交朋友呢。"

"交朋友在花街就行,跑这么远干吗?"

"花街上不方便嘛。走吧。"

进了坟地,满桌右手拇指和食指插进嘴里吹了一声口哨,东南边也响起一声口哨。满桌说,那边。我就跟着他到了那边。

大米和三万坐在两个坟头上,何老头的礼帽竟然到了三万手里。大米对我笑笑,用他生铁似的好听的声音说:"来啦?"我点点头。三万对着我转起礼帽,说:"这个还认识吧?又到了我们手里了。"我没说话,脸上开始发热。

"帽子给我!"我突然听到韭菜的声音,扭过头看见她的一只胳膊被歪头大年抓着。韭菜上衣最上面的两个扣子散开,裤子没了,只穿着内裤,两条丰润白嫩的长腿露在外面。

"只要你听话,帽子一定会给你的。"三万说。

"你们想干什么?"

"不是'你们',是'我们'。"歪头大年说,"咱们有福同享。你来了,就有你一份。"

"不关我的事。"我转身就跑。

"别让他跑了!"三万说。

"让他跑!"大米说,"明天花街就多了一个小偷。"

跑两步我就停下了。满桌走过来,拉着我的胳膊说:"我看你还是乖乖地待着吧。"我顺从地跟着满桌站到大米那边去。对面的韭菜说:"你帮我把帽子抢过来!"

大米说:"你再叽叽歪歪,我就把礼帽烧了!"

韭菜翻着眼不说话了。

大米对歪头大年使个颜色,大年尴尬地看看我说:"还是让木鱼来吧。"大米说:"我说的是衣服。"大年搓了半天手,对韭菜说,"你不准喊,你要喊礼帽就没了。"韭菜点点头。大年又搓了两下手,开始解韭菜上衣的其他纽扣,解的时候手指不停地哆嗦。他的脸涨得通红。终于解开了,韭菜里面还穿了一件小衣服,给韭菜脱外衣时大年如释重负。"我脱完了,该三万了。"他说。

"那个就别脱了吧。"三万对大米说,"都脱了躺下来草扎人。万一她疼得叫起来怎么办?你说呢?"

"嗯,好。"大米说,"满桌,该你了。"

"我?干什么?"

"说好了的,内裤。"

满桌脖子都粗了,"我、我……真脱啊?"

歪头大年说:"操,你以为啊,谁也跑不掉!"

满桌吐了一口唾沫,"操,脱就脱,谁怕谁!"他走到韭菜面前,把韭菜脱下来的上衣铺在两座坟堆之间的空地上,"躺下。"他对韭菜说。三万及时对韭菜挥了挥礼帽,韭菜听话地躺下了。满桌蹲下来时放了一个响亮的屁,连韭菜都笑了。韭菜说:"屁!你放屁!"满桌的头脸红得像龙虾,憋出一个笑,"吃多了。吃多了。"他的手碰到韭菜的胯部被烫了似的跳一下,然后一咬牙,抓住了内裤就往下拉。坟场上呼吸的声音消失了,几个人的脖子越伸越长。韭菜咯咯地笑了一串子,她感到了痒。然后我们就看到韭菜肥白的大腿中间一团墨黑。大米他们从坟堆上站起来,一起叫:

"哇!"

韭菜本能地捂住两腿之间。三万说:"把手拿开!"韭菜就把手拿开了,说:"凉。"

"马上就不凉了,"大米用下巴指指我,"该你了。"

"我?"

"你。"

"老大,"歪头大年说,"第一仗真让这小子打?太便宜他了。"

"那你上?"

"好吧,那就让木鱼上吧。"

"裤子脱了!"三万对我说。我立马按住裤带,知道他们要我干什么了。他们让我跟韭菜干、干那种事。"不,不行,"我说,"我不上。"三万说,"那你就老老实实做小偷。看着办。"满桌和歪头大年凑过来,一人抓住我一只手,"我看你就别装模作样了,"歪头大年说,"别耽误时间,弄完了我们还要打第二第三仗呢。"他们竟然强行解开了我的裤带,跟着就褪下了我的裤子,然后内裤也扒下来。我又跳又叫最终还是没能挣脱掉。我捂着脱光的下身无处可走,他们把我的衣服扔给了三万。

"快点!"三万说。他的脸红得像蒸熟的螃蟹,两眼要冒出火来。

"我不去!"

大米冲上来给我一个耳光,"由不得你了!"一把将我推到了韭菜面前。大米的眼也红了,一手揉着下身凸起的地方。他们把韭菜的两腿分开,让我跪倒她两腿之间,活生生地掰开了我的手,大米喊着:"看那里!"我顺着他手指的方向看见了韭菜的那个地方,突然感觉到一股强烈的尿意,伴随着贯穿脑门的一道明亮的闪电,那耀眼的闪电如此欢快,稍纵即逝,我挣脱了他们,重新捂住两腿之间,我撒尿了。紧接着歪倒在一边呕吐起来,韭菜黑乎乎的那个地方让我翻心不止,五脏六腑乾坤倒转。

我一阵阵地吐,比看见小狗的脑袋吐得还厉害。我赤裸下身倒在草地上,觉得自己可能会一直把自己呕空掉,呕得从地球上消失不见了。韭菜见我呕吐,要起来看看我,被满桌按在了草地上。三万对着我屁股踢了一脚,说:"操,真他妈没得用!"

"怎么办?"歪头大年摩拳擦掌。

大米咬着牙说:"妈的,不管了,我们自己来!"

"怎么来?"三万说。歪头大年也凑过去。一下子群情激奋。

"石头剪刀布,谁赢了谁先来,谁也不准退!"

12

最先是歪头大年赢。

大年扭扭捏捏,被大米踹了一脚,还是那句话,谁也不准退。歪头大年褪下裤子,刚趴到韭菜身上我就扑过去,死命地把他往下拉。我说韭菜你快跑,他们都不是好东西!韭菜却说,不,我要爸爸的礼帽。我把大年的屁股都抓破了,大年叫起来,三万和满桌一人抓我一只胳膊,死拖烂拽把我弄到一边。

"守住他,"大米说,又对歪头大年说,"继续!"

歪头大年哼哧地喘了口粗气,韭菜就叫起来,喊疼,让大年下去,大年说,不下不下,好容易进来的,马上就好,马上就好。韭菜继续叫,几声之后就不叫了,反而呵呵笑起来,说好玩好玩。然后轮到歪头大年叫,哎哟,死了一样滚到旁边的草地上。

石头剪刀布,满桌赢。歪头大年提上裤子代替满桌按住我的手脚。满桌的喘气声更大,像头牛,他的时间要长一点,也是大叫一声完事。我的嘴对着茅草地,骂一句就要抬一下头,大米对着我的太阳穴踢了一脚,我头脑嗡的一声就糊涂了。

等我迷迷糊糊醒来,韭菜一个劲儿地喊疼,歪头大年在叫唤,他又上了韭菜的身。我扭头看见大米正心满意足地坐在坟堆上,裤子穿了半截,拿一根草茎在剔牙。三万和满桌还在压着我的手脚。然后歪头大年长号一声,像头猪似的仰面躺到韭菜身边。韭菜在哭,看起来力气全无,边哭边说:

"你们都不是好东西!帽子给我!我让我爸打死你们!打死你们!"

"帽子给你。"大米站起来系裤带,把帽子扔到韭菜身上,又对满桌和三万说,"别管他了。你们给这傻丫头穿上衣服,让她先走。"

他们松开了手,我的手脚早就麻木了,一时半会动弹不了,小肚子都麻了。他们给韭菜穿衣服时趁机东捏西摸,然后给她帽子打发她回花街了。三万说,对谁都不能说,否则不仅把帽子收回来,连você老头的命也逃不掉。韭菜吓得连连点头,一瘸一拐地走了,走时还对我说:

"我先走了,给我爸送帽子去。"

"这个怎么办?"三万问。

"扔在这儿。"大米说,一脚踩到我后背上,"要是说出去,有你好看的!"然后对其他三人挥挥手,离开了坟地。

太阳早就落尽,昏暗的夜色从松树遮蔽的坟地里升起。他们走远了,我爬起来,找到衣服慢慢穿好,一边穿一边哭。忽然一声凄厉的鸟叫,吓得我歪歪扭扭往坟地外跑。上了大路又慢下来,满脑子空白,只感到累,筋疲力尽。走了一会儿实在走不动了,就在路边坐下来,眼睛直直地盯着路边的水沟里，满眼空白。慢慢地，有个东西在昏暗中分明出来，我晃晃脑袋醒神，看见了枯干的小狗的头。一时间恶心袭来，翻天覆地的呕吐又开始了。

肚子里已经呕空了，我就呕出血丝血块和一串串声音，声音越呕越重，越呕越嘶哑。后来呕吐累了，就在歪倒在路边睡着了。醒来时感到冷，一身的露水。月在半天，野地里一片幽蓝的黑，蓝得荒凉也黑得荒凉。我爬起来开始往花街走。

快到花街时拐了一个弯，在谁家废弃的墙头上捡了一块石头，拿着去了蘑菇房。房门锁着，周围寂静无声。我拿起石头对着门锁开始砸，石头击在铁上冒出了火星。何老头在里面问，谁？你在干什么？我没说话，一直把锁砸开。

屋子里一团黑，过了一会儿才慢慢适应。我直奔何老头去，朦朦胧胧看见捆他的绳索，先用石头砸断拴在一块大石头上的绳子，然后用手和牙解捆住手脚的绳子。

何老头说："木鱼，是你吗？你干什么？"

我没吭声。

"你不能解开我绳子！"

我还是不说话。解开所有的绳子让我满头大汗。"走！"我对他喊，"你赶快走！"然后出了门。

回到家，爸妈都没睡，急得在院子里团团转，他们问我到哪去游尸了现在才回来。我没理他们，直接去了自己的屋，脱了鞋子爬上床，衣服都没脱就睡了。

第二天早上，我还在睡，我妈急匆匆地在门外对我说："木鱼，木鱼，何校长不见了！"我费了好大的力气才清醒过来,浑身酸痛地下床走到门外,阳光很好。我妈还在说,"何校长不见了！在石码头捞东西的沉禾说,他在河边捞到了何校长的礼帽,就是没看到人。他们都说,何校长是不是跳河死了？"

"什么？"

我妈忽然吃惊地看着我,"你说什么？"

"我问何校长真的跳河死了？"

我妈的表情更加诧异,"你的声音！"

"什么我的声音？"

"你声音变了！"我妈说,对扛着鱼叉从外面回来的爸爸说,"你听,木鱼是不是苍声了！"

"苍声？"我重复了一下。

我爸歪着头看看我,说:"嗯,好像是。现在就苍声了。"

我啊了一声,果然跟过去不同了,听起来像生铁一样发出坚硬的光。

2006-8-3,北京芙蓉里—江苏盱眙

露天电影

1

车子正跑着,顿了一下,又憋熄火了。司机爹啊娘啊地骂一通,让想方便的赶快下车。每次出故障他都让大家下车撒尿。男人在车左边,女人到车右边。水声相闻,但谁都不说。司机说得好,出门在外,穷讲究个屁啊。

下车的人很少,半个小时前他们刚撒过。下车的几个男女缩着脖子,毫无意义地往左右看,天上落下雨,不大不小,远看过去有些迷蒙,周围没有人。男人站着,女人蹲下。秦山原撑把伞一个人小心翼翼地往远处走,他担心紧走一步就会把膀胱胀破。站在车边他尿不出来,都忍了四次了。一百米外有个村庄,房屋、树和草垛站在雨里。他得找个能遮挡住自己的地方。

还没走到村边的第一个草垛,车就发动起来了。司机大喊,快点! 快点! 秦山原觉得裆部急剧收缩一下,汗就下来了。草垛周围一个人没有,真好。他缓慢地拉开裤子,世界此刻应该是慢下来,平静而漫长。一泡尿是足以改变一个人的世界观的。秦山原打算把这个伟大的想法写进自己的著作里。司机一直在喊,快点,要走了!完了没有?还走不走啊?秦山原恨不能给那家伙两个耳光,可他结束不了,他觉得这是这辈子最长的一泡尿,没完没了,而且几乎是难以知觉的慢。

司机还在喊,不走我们走了!秦山原愤恨地转过脸,转回来的时候突然眼睛一亮,又转回去,他看见了草垛旁立着的界碑,上面刻着两个毛笔字:扎下。那两个字他认识,尤其是字里的飞白。

回到中巴车上,一车人的表情都诡异。司机对他嘿嘿地笑。秦山原拎着旅行包下了车,司机不笑了,说:"你干吗?"

"下车。"

"还早呢。"

2

要去的地方叫海陵,一个挺大的镇子。但秦山原决定在这个叫扎下的村子停下来。

他一路甩着鞋子上的泥,来到界碑下,蹲下来用手指在泥地上写"扎下"两个字,然后和碑上的字比较,已经不像了。他扳着指头算了算,十五年。如此漫长,足够把头发一根根地熬白。秦山原掏出一根烟,打火机怎么也找不到,口袋和包都翻过了,可能丢在车上了。他叼着没点上的烟往村庄里面看,先看见一只鸡沉重地穿过空街面,羽毛被雨打湿。然后是一个挺着肚子的小孩,他看见了秦山原的花伞,接着才看见伞下的人。秦山原对他招招手,小孩慢腾腾地往这边走,赤着脚,裤子斜吊在圆鼓鼓的肚子上。他也打着伞,走到五步开外停下了。看起来有七八岁,大脚趾在泥水里钻来钻去。一直到秦山原站起来,小孩也没吭一声,就对着他看。秦山原只好开了一个滥俗的头:

"小朋友,你叫什么名字?"

"你是谁?"小孩说,"我不认识你。"

"我是谁?"秦山原笑起来,"回家问你爷爷你爸爸去。你爸是谁?"

"不告诉你!"小孩转身就跑,甩起来的泥水落了秦山原一身。

小狗日的。秦山原忽然想起,很多年前他总用这四个字骂小孩。他对着小孩喊:"你看过露天电影吗?"

"没有!"小孩头都没回。

"小狗日的,"秦山原说,"这个都没看过。"

小孩回了一下头,消失在某扇临街的门里。

秦山原背着包走过去,临街的人家和过去一样,门挨门,门对门。他分不清那小孩进了哪个门。街面的宽度大概都没怎么变,不过各家的门楼都翻新了、高大了,黑的黑,白的白,脚底下也换成了青石板路面。秦山原满意地笑了,多少年前他就想象过这样一种黑白潮湿和温润的生活。那个时候他骑着一辆破自行车经过这条街,干涸的车辙总让他胆战心惊,担心一不小心就被摔下来。摔伤人无所谓,摔坏了机器麻烦就大了。他摔过,不是在这个地方就是在其他哪个村子,胳膊肘上现存的一块明亮的疤痕就是证据。那次机器倒没出问题,他倒在地上,机器砸到一只倒霉的鹅身上,鹅死了,大队部代他赔了主人三块钱。

问题是没有一个人。秦山原看着发亮的石板路,努力回想这些门楼后面都住着谁,一个都想不起来。头脑真是不好使了,他想,一口气在这里跑了四年呢,都他妈忘了。他响亮地吐了一口痰。雨就停了,伞上一点声音没有,然后身后的一扇门吱嘎打开了。他回过头,看见一个老头扛着铁锹走出门楼。

"大爷,"秦山原收起伞,迈开步子就开始掏烟,"还认识我吗?"

老头把烟举在手里,歪着头看。秦山原抱着雨伞做了一个冲锋的姿势,"嗒嗒嗒,"他说。

老头眼睛变大,小心地说:"你是,秦放映员?"

秦山原咧开嘴大笑,说:"您老人家还认识我!"

老头也跟着大笑,放下铁锹就回头推门,"快,进屋进屋!"然后对院子里喊,"三里,三里,水!"

老头的儿子三十岁左右,端开水上来时,看着秦山原直发愣,老头说:"秦放映员,秦老师!"

三里腼腆地笑了,说:"我说眼熟呢,秦老师!我那会儿整天跟在你车后跑。"

"不光你,"秦山原笑起来,"你们一帮小屁孩都跟着追,问放什么电影。哎呀,一晃你们也都老婆孩子一大堆了。"

进来三里的老婆,也热情恭敬地叫秦老师。她是从下河嫁过来的,秦山原当年在周围的村庄里轮流跑,她报了一串秦老师放过的电影。搞得秦山原更高兴,笑声一波高过一波。多少年了,他们还记得。

"村里都说呢,"老头给秦山原点上烟,"秦老师是大知识分子,哪是我们海陵这小地方能留住的。你看看不是,一下子就去了省城。"

"没办法,上面要去,不能不去啊。"

"秦老师在那边干什么?还放电影?"三里问。

"瞎说!"老头白了儿子一眼,"秦老师什么人,还放电影!"

秦山原说:"在大学里教教书,闲了也写几本。都一样,挣口饭吃嘛,呵呵。"

"那就是教授了!"三里说,"电视里天天说教授学问大,日子过得好。"

"还不是一回事,一天三顿饭。"

大门开了,三里的老婆领了一堆人挤进院子。很多人一起开始说话。他们说电影、放映员、秦老师,还有人对他本人是否真的来到这里表示怀疑。三里的老婆在院子里就说:

"秦老师,大伙儿都来看你了!"

秦山原立在门前,看见二十多号人聚在院子里,男男女女,老人孩子,如果不是咧开嘴害羞似的笑,就是好奇地看着他。他们静下来,然后七嘴八舌地说:

"秦放映员。秦老师。《少林寺》《南征北战》《画皮》。"

老头说:"他们都认识你,都看过你放过的电影。"

可是秦山原不认识他们,一个都不认识。在他们脸上他几乎看不到一点十五年前的痕迹。他得意而又感激地扫过二十多张脸,还有人从门外继续往院子里进。感觉很好,是那种受尊崇和拥戴的感觉,有点像在大学的课堂里,他们像年轻的学生一样仰视他。当年他在海陵镇的所有村子里大体也如此,他总能说出别人没听过的东西,国内外的,天文地理的,他会说,一件旧事经过他的嘴,也像重新发生过一遍一样,他能替他们发现被忽略了多少年的细部和关节点。也就是说,他骑着一辆破载重车到处放电影时,很多人就已经这么看着他,老人尊敬地叫他秦放映员,让自己的孩子和孩子的孩子叫他秦老师。那个时候秦山原也有不错的感觉,黑漆漆的夜里,所有人散落在黑暗里,他掌控一台他们弄不明白的机器,然后从他面前开始放出光明,一个个陌生的世界跳到一块巨大的白帆布上。

十五年前他就常常产生错觉,觉得那道光柱和一个个人物都是从他的身体里跑出去的。他觉得他是唯一知道的人,他给予他们多少个花花绿绿的世界和美好的事情啊。为此他常常陶醉在放映机咔嗒咔嗒转胶片的声音里。

在一圈人之外,秦山原看到两个四十多岁的女人分站在两边。她们没笑,也没说话,微微地晃动身体。四十多岁的身体早就变形了,胸不是胸,腰也不是腰,皱纹也谨慎地上了脸,但你能看出来她们还是好看过的,在一群乡村女人里,如果认真仔细地看,也能把她们挑出来。她们皱着眉,脸有点红。

一个说:"是你吗?"

另一个几乎同时说:"真是你?"

然后两个人警惕地相互看看,都把眼光移到别处去。她们在对方脸上看见了自己。

秦山原说:"是啊,我是秦山原。"他在她们脸上什么都没看见,除了年老和色衰,而这些和他没有关系。也可能不是没关系,他觉得某几个心跳幅度大了点,但他不敢肯定。没法肯定,最短也十五年了。所以他对她们和其他人一起说,"谢谢乡亲们还记着我。这些年一直想回来看看,今天这事,明天那事,忙忙叨叨就给耽搁掉了。谢谢你们来看我!"

最后一句是对她们俩说的,也可能人群里还有,只是没像她们那样单独站出来。然后老村长来了,秦山原还是认识的,每次他来扎下放电影,村长都陪他吃晚饭。他们握手,寒暄,说再见太晚。老村长说,幸亏去年大病不死,要不今天就吃不上十几年前的那些饭了。他对那老头招手,"老方,还记着当年吃的啥饭吗?今晚咱原样再来一顿!"

"做梦也记着哪,"老头说,"这就去,就怕秦老师已经看不上我的手艺了。"

秦山原这才想起这老头就是老方,当年大队部里的厨子,四年里吃了不知道多少顿他做的饭菜。好像那时候老方不太爱露面,总是提前就把一桌酒菜摆放好了。

天放晴了,但是已经黄昏,院子里暗下来。秦山原去找刚才的那两个女人,不见了,他在人群里迅速地看一遍,也没发现。她们什么时候突然消失了。

3

晚饭盛大。菜之外,人多,热情,所有人都向他敬酒。村子里头头脑脑的官都到了。还有一个白皙丰满的妇女主任,酒风泼辣,她向他敬酒,说:"秦老师,喝!"

秦山原说:"喝!"连着两杯,头开始有点转。微醺时想,当年有这么好的女人吗?

老方宝刀不老,菜做得还是那么好,秦山原记得那会儿最愿来去的村子就是扎下,老方的菜是原因之一。他们一边喝酒一边"想当年"。他们说起秦山原当年满腹才情,如何给大队部和粮食加工厂撰写春联;如何给新婚的庆典上即兴朗诵祝词;如何喝了一斤粮食白酒然后用秃毛笔写下"扎下"的界碑;如何在领导面前据理力争给扎下送来了乡亲们都爱看的电影,以及如何帮着老村长写了一份小边的鉴定。这最后一件事在扎下已经流传成一个段子,这段子使得秦山原在从没见过他的扎下人耳朵里也不陌生。

有个叫小边的小伙子要去镇上的扎花厂做临时工,扎花厂要村委会出一份小边的品行鉴定。老村长为难了,能出去当然好,小边人也不错,就是手脚有点不干净,偷过几只鸡,摸过几只狗,不算大问题,但在鉴定里不表现出来又不合适,那是要盖公章的。老村长就请教秦放映员。秦山原说这简单,就写:"该同志手脚灵活。"搞不清是夸还是骂,老村长大喜。就这么写了。小边在扎花厂干了半年,被开除了,他没事喜欢顺手牵羊捎点东西。厂领导很不高兴,抱怨老村长举人不当。老村长说,我们可是一点没隐瞒,不是说了嘛,"该同志手脚灵活"。厂领导哭笑不得。

这段子再说出来,依然博了个满堂彩。秦山原想,当年还真有两把刷子啊。

前村长孙伯让最后一个敬酒。孙伯让举着酒杯说:"秦老师,听过孙伯让的名字吗?"

秦山原摇摇头,说:"不好意思。"

"秦老师贵人多忘事。"孙伯让说,"我帮你看过放映机。那年你三十我二十六。"

秦山原笑笑说:"谢谢伯让兄。那时候我喜欢熬夜看书,放电影时常犯困,所以总劳兄弟们帮忙。谢谢啦。"

"别谢,秦老师。我跟秦老师学了不少东西,电影都会放了。"

大家都有了兴趣,伯让竟会放电影,头一回听说,真的假的啊?

孙伯让说:"会放也放给秦老师看。秦老师,我敬你!"

秦山原又喝了两杯。

从饭桌站起来时,秦山原两脚底开始发飘。喝大了。很多人都喝大了。妇女主任跟秦山原握手告别,无比遗憾地说:"可惜没机会再看秦老师放的电影了。"

"露天电影还有吗?"

"早没了。有钱的在家看影碟机,穷点的就看电视。"

然后大家又感叹一番露天电影的消失才各自散去。按照饭桌上的商定,秦山原今晚到孙伯让家住。大家都希望秦山原住到自己家,孙伯让说,谁都别和他争,他跟秦老师学会了放电影,算半个学生,家里也宽敞,就一个人,到处都是地方。

秦山原说:"你家人不在?"

周围一下子静下来。孙伯让倒是笑了,说:"老婆跟个放电影的跑了,十几年了。"

秦山原看看别人,好在不是所有人都盯着自己。

"跟秦老师没关系,"孙伯让说,"你之后的放映员,姓丁,那狗日的。"

秦山原松了口气,哦。

4

出了老方家的门,从黑暗里冒出一个更黑的小影子,吓秦山原一跳。小黑影说:"我爸叫顾大年。"

孙伯让揪了一把小黑影的耳朵,"回家睡觉去。"

"我想看露天电影。"小黑影又说。

秦山原听出他就是下午见到的那小孩,故意问他:"你是谁?"

"我叫臭蛋。我爸叫顾大年。"

"儿子,回家睡觉去!"孙伯让又要揪他耳朵。

秦山原说:"你儿子?"

"干儿子。大年你一定也不记得了,当年也帮你看过放映机。"

秦山原又说,哦。

臭蛋不回家,一直跟着他们,孙伯让怎么赶他都不走。孙伯让说,那好,过来背包。臭蛋就背起秦山原的旅行包,像条不吭声的小尾巴。路面油亮亮的黑。孙伯让建议到处看看,秦山原说好,这一趟来海陵就为了到战斗过的地方怀怀旧。

他们经过当年的大队部和放电影的小广场,都成了遗址,遗址上是新的房屋、街道和白杨树。孙伯让指着一家窗户里泻在地上的一块灯光说,这儿是放映机的位置。"你坐在椅子上,"孙伯让比画着,"光从这里出来。"秦山原就想起那时候整个扎下都围在他身边,那些鲜嫩美好的女人也凑过来,他闻到她们身上温暖的香味,她们一次次把眼光从银幕移到他身上,他看见她们的眼睛里闪闪发亮。他知道她们想和他说话,或者干点别的。有时候他也会向其中一个招招手,动作很小她也能看得见,然后他们前后脚离开电影场。

"你困了我就帮你守着放映机,"孙伯让说,"有时候也会是大年、文化和江东他们。如果你一个晚上都不在,我们就帮你换片子。我就是那时候学会的放电影。"

"是吗?"秦山原怎么也想不起当时那些女人的样子。她们变得相当抽象,只是新鲜、羞怯、紧张、虔诚、热烈、丰满、光滑和弹性等一系列形容词。他把她们带到一个个没人的地方,四年里的大部分时间他是在这些形容词里度过的。那么美妙的好日子怎么就忘了细节呢。"年轻时就缺觉,安静下来三分钟就瞌睡。多亏兄弟们了。"

孙伯让说:"再走走。"

他们经过一块平地,孙伯让说:"秦老师,有印象吗?当年这儿是片小树林,有槐树、杨树还有合欢树。"

秦山原摇摇头。

当然他记得,他经常把她们带到林子里,到了夏天,乱作一团的时候他还会腾出一只手抓爬到树上的知了猴。那个总喜欢在合欢树底下的女人叫什么来着?好像不是很瘦。也可能挺瘦。

他们在一大块黑影前停下,旁边人家的灯光映照到那里,才看见是堵半截的土墙,高不足一米。"秦老师在那会儿,这墙该有两米多高吧?"孙伯让说,"多少年了,男男女女就喜欢到这里干坏事,把墙磨蹭得越来越矮。现在藏两个人就不太保险了。"

秦山原说:"这里还有堵断墙?一点印象都没了。"

"到夏天就长拉拉秧,"孙伯让指着墙上垂下来的一条条细藤和叶子,"就那样。拉拉秧你应该记得吧?"

秦山原实在无法再说不记得了。那个女人拼命地把他往墙上推,他就是靠着墙把事做完的。这一次他好多年来还经常想起,当时后背被拉拉秧挂了一道道血绺子,做完了汗一湿才感到疼。秦山原说:"好像那时候到处生有这东西。"

"秦老师好记性。"孙伯让笑笑说,"断墙这里最多。"

扎下的夜晚安静,冷不丁一个女人叫起来:"臭蛋!臭蛋!回家睡觉啦!"

孙伯让说:"臭蛋,回去,你妈叫你睡觉了。"

臭蛋把旅行包移到怀里紧紧抱住,说:"不回!我要看露天电影!"

"看你娘的腿,"孙伯让说,"哪来的露天电影!"

"他有!"臭蛋用下巴指指秦山原,"他们都说他有。"

秦山原觉得这小子有点意思,就逗他:"我要有,它在哪儿?"

臭蛋理直气壮地说:"不知道!"

"别跟着瞎捣乱,臭蛋,"孙伯让要接过他的包,"明天到干爸家看。"

臭蛋不松手,"我今晚就要看!"

他妈还在喊。孙伯让火了,一把抢过包,"你要不回家,明天你也别想看!"

臭蛋慢慢松开包,一个劲儿地在裤子上擦手,半天终于磨磨蹭蹭回家了。秦山原看着臭蛋的小影子打了个哈欠。"回去吧。"他说。

5

孙伯让的一面白墙让秦山原吃惊。毫无必要地又大又白。猜猜做什么用?孙伯让问。秦山原说,银幕。孙伯让放声大笑,到底是秦老师,整个扎下没人往这上头想,都说他头脑坏了,涂一面空荡荡的白墙。孙伯让顺手拉上了窗帘,两层,外面是红的,里面黑色。

秦山原说:"你有放映机?"

孙伯让没说话,打开一个立柜的锁,拉开门的时候秦山原看到一台依然崭新的老式放映机。孙伯让把放映机抱出来,放好,装上胶片,把台灯的光拧到最小。咔嗒咔嗒声响起,一个光圈打到白墙上。胶片开始转动时,秦山原忍不住凑上去,十五年没摸了,心痒手也痒。孙伯让按住他的肩膀,说:

"坐下。他们都奇怪,为什么我村长也不干了。都整这玩意了,这东西多有意思啊。"

递给秦山原一根烟。那电影秦山原没看过,也没听过,翻译过来的名字叫《夜歌》。电影放到一半,节奏慢下来。之前是一个女人红杏出墙,接着是漫长的复仇,丈夫把情敌捆在床上,用尽方式折磨他的神经,不让他休息,一个昼夜后,情敌疯了。

"好玩吗?"孙伯让问,又递给他一根烟。

"抽不动了,"秦山原说,"睡吧。"

孙伯让坚持把火送到他嘴边。烟点上了,孙伯让开始重放《夜歌》。"林秀秀这名字听说过吗?"孙伯让摆弄放映机时漫不经心地问。

"没听过。"

"我老婆你认识吧?"孙伯让把电影的声音关掉,像在看一部默片。

"她不是跟姓丁的私奔了吗?跟我没关系。"秦山原站起来。

"有关系,"孙伯让把他按到椅子上,"关系相当大。记得我老婆不?"

秦山原又要站起来,他说不记得。孙伯让突然从口袋里掏出一把刀,抵到他肋骨上,"最好别乱动,"孙伯让说,另一只手又摸出一根绳子。秦山原没敢乱动,对方早就准备好了。孙伯让又说,"我老婆可记得你。"

"我们真的没关系,我也不知道谁姓丁。"

"可我老婆当初不是这么说的,她说你带着她到过小树林里,去过墙根底下和草垛里,有时看见路边的一棵树也要靠上去。她可是说你无数的好啊,世界上最好的男人了。你走了,她才和那个狗日的姓丁的好,她把他当成你,就卷了个小包跑了。"

"她是诬蔑!没有的事!"秦山原激动得带着椅子乱颤。

"是吗?"孙伯让若无其事地给了他一耳光,"我找了三年,才在一百里外的大秦镇找到她。已经是两个孩子的娘,她不跟我回来,死活要跟放电影的过。"孙伯让一边说一边换片子,直接跳到了电影的后半段。那个倒霉的情敌直挺挺地躺在白墙上,张大嘴喊就是出不了声。

秦山原的脸在电影的光亮里一点点变白。

"听她口气,你那本事还不小啊。"孙伯让揪着秦山原的一撮头发,"毛都白了,五十多了吧?"

"五十一。"

"是不是在城里也没闲着?"孙伯让把椅子搬到他身边,点上烟,和秦山原并排看起电影,"我老婆脸上那颗痣,我让她点掉,不干,你随便一句,她就屁颠屁颠去弄掉了。那痣长左脸还是右脸你还记得不?"

秦山原摇摇头,"放开我!"

孙伯让把正抽的烟塞到他嘴里。"我老婆那块胎记在哪个屁股上你总该记得吧?"

秦山原还是不记得。他当时似乎并不详细地区分女人,只从乳房和屁股的形状上去判断,他喜欢结实饱满形如寿桃的乳房,次之是水泡梨,那些松松垮垮的大鸭梨他只碰一次,最多两次。在晚上,他从不刻板地把脸蛋和乳房、屁股等同起来。他更在乎后面两个。所以他想不起来。

"什么都不记得了?"

"真不记得了。"

孙伯让笑起来,声音像哭。"她说你对她有多好,就是去天上也不会忘了她,恨不能大白天都把她拴在裤腰带上。这女人,简直是个木瓜!她能说出你身上有多少个伤疤,哪一块是为什么落下的。她甚至数过你脸上的痦子上一共有几根毛。你记得她什么!"

秦山原觉得再不说点,他很可能会像电影里的那个倒霉蛋一样,在这张椅子上疯掉。"想起来了,"他说,"她总爱咬住我的舌头不放。"

"继续说。"

"她喜欢站着。"

"还有呢?"

"她,"秦山原觉得绳子要嵌进手腕里去,"她喜欢在合欢树底下。"

孙伯让转过脸来,毫无预兆地又一个耳光,"她闻到合欢树的味就过敏,浑身痒。"

"那就记错了。到底你想让我怎么样?"秦山原觉得脑子不转了,"我说不记得你又不相信。"

"我不敢信。她要死要活地闹,姓丁的那样她都跟,就因为是个放电影的。她根本就不知道,你连她半点印象都没留下。我一直觉得自己当个男人挺可怜,老婆都跟别人跑了,没想到她更可怜。你说她什么都拿出去了,图个什么?"

"女人嘛,不带脑子你也没办法,值不得难过。"秦山原趁机说,"老弟,给我松开,咱哥俩喝两杯。女人嘛,喝两杯就过去了。"

"你他妈的住嘴!"孙伯让从椅子上跳下来,"十五年,我活生生等了十五年!那些人影一走到墙上,我就想,我不能让你有好日子过。你凭什么?拍拍屁股把我们都甩掉了。

我一直等着,我以为你不会来了,可你来了。好,来了好!"

"你想干什么?"

"就这样。"孙伯让指指白墙上的人影。

秦山原明白那个倒霉蛋的厄运马上降临了,他开始后悔看到界碑,继而后悔躲到草垛后撒尿。撒什么尿啊。哪壶不开提哪壶,他陡然发现膀胱已经胀了。他对孙伯让说:

"能不能让我小个便?"

"小个便?撒尿啊,你先憋着吧。"

"这不行啊老弟,前列腺跟不上。"

"秦老师,这是报应。跟不上就随便撒吧。"

"这玩意更不行啊,当人面要能撒出来,我就不来你们扎下了。"

孙伯让看看他,他就把进村前后说了一遍,希望孙伯让能同情一下。一泡尿能改变世界观,一定也会要人命。

"那正好,我就不用像电影那样亲自动手了。不让你睡觉就行,开始憋吧。"

秦山原快哭了,他越发觉得那地方像气泡一样胀起来,然后开始疼。"现在几点了?"他问。

"几点跟你没关系,你只要清醒就行。"

孙伯让踢了一下腿,秦山原两腿之间疼得一抽,再轻微的动静都是地震。他听到一声鸡叫,接着两声、三声,好多只鸡都叫了一声。应该凌晨两点左右。

"再不放开我就喊人了!"秦山原说。

"喊吧,"孙伯让把刀在手心里蹭来蹭去,"电影你白看了。"

秦山原立马住嘴了。电影里的倒霉蛋刚开始喊,一把刀就从他大腿皮下三厘米处经过。如果最后不疯掉,他可能会坚持只在自己的喉咙里喊叫和祈祷。

"可我真要小便。"秦山原的脑门上开始冒汗。这正是孙伯让现在需要的,好吧,怕尿裤子我就帮你脱。"千万别,再等等。"秦山原觉得自己做不来。那继续忍。

孙伯让再一次开始《夜歌》的放映,他喜欢听胶片转动时的咔嗒咔嗒声。他示意秦山原再看一遍。他要陪着秦山原清醒。他看到秦老师坐在椅子上一直哆嗦,打摆子,椅腿咯噔咯噔敲着地面。秦山原很快大汗淋漓。"放开我,"他说,"我要小便。"

"随便小。"孙伯让去了一趟厕所,回来兴致勃勃地看着秦山原继续流汗。秦山原的声音越来越小,大一点就疼一下,他觉得从原始社会进化到社会主义初级阶段所花的时间也比现在快。时间让他痛不欲生。

又有一批鸡开始打鸣。孙伯让有点犯困,找了一瓶酒,吃熟肉抹辣椒酱,唑唑啦啦也是一头的汗。秦山原不抖了,像雕塑一样瞪大眼,唯一活动的就是眼里的东西,一滴一滴往下掉,想一下"眼泪"这两个字也会加剧膀胱的胀痛。他慢慢闭上眼,让自己飘起来,一点不费力气地随风飘荡。他看见自己穿过像幻景一样透明的十五年,然后是黑色的、灰色的、白色的海陵镇。一辆永久牌载重自行车大撒把,他驮着电影和放映机来到扎下,雪白的帆布银幕拉起来,女人如香气从四面八方飘飞而至。她们有美好的乳房和屁股,她们喜欢跟他摸黑走进小树林,或者土墙下,路边上大树旁也行。

他看见一个赤裸的女人窈窕地侧身对他,他知道她脸上某个地方必有一颗痣,某一边的屁股上必生有胎记,但在他的位置都看不见,而她不回头也不转身。她为什么不让他认出来?风一吹他就走。

孙伯让喝了半瓶五十六度白酒,吃饱了肉,打完嗝,对自己说不能睡不能睡,还是睡着了。闭上眼之前,电影还在放,他对秦山原的坐姿很不满意。

6

好像有人敲院门,孙伯让好像也清醒了两秒钟,接着又睡了。再次醒来是因为听到咕咚一声,他撑着椅背爬起来去开门,一个小人倒进来,赶紧扶住,是臭蛋。臭蛋站着睡着了,那咕咚一声就是脑袋碰到门上。他天不亮过来敲孙伯让的门,没人理,就爬墙翻进院子,站在门口睡着了。孙伯让拍拍臭蛋的脸,天早已大亮,太阳从扎下东边升起来。

臭蛋说:"我要看露天电影!"

孙伯让说:"好,干儿子,咱们看露天电影。"

他把臭蛋领进屋里。电影早就停了,孙伯让重新开始放映,放映机咔嗒咔嗒响,白墙上就是不出人影。臭蛋说:"看不见!"跑过去拉开窗帘,阳光像水一样漫进屋里,白墙上刚出现的人影又不见了。臭蛋说:"电影在哪儿?露天电影在哪儿?"然后他看见了歪头坐在椅子上的秦山原。

秦山原闭着眼一声不吭,腰杆直直地被捆在椅背上。臭蛋说:"露天电影在哪儿?"秦山原不回答,臭蛋就用脚去碰他的脚,这时候臭蛋看见秦山原的脚底下汪着一摊水,还有水断断续续顺着秦山原的裤脚往下滴。臭蛋看看秦山原,又看看孙伯让,突然大喊一声:

"他尿裤子啦!"

2006-7-11,芙蓉里

伞兵与卖油郎

1

天很好,万里无云。范小兵背对着我们,酝酿了很久,终于从胳肢窝里拿出了那个东西,对着太阳举在我们头顶。那个东西在刺伤人眼的阳光里,只是一个不规则的黑影子。我们踮起脚尖想换个角度看,范小兵把那个东西又举高了一点,侧一侧手,一道耀眼的红光掠过我们眼前。这下看清了,一个五角星。我们立刻委顿下来,感到了夏日午后的酷热。

"我还以为什么宝贝!"刘田田说。为了表示气愤,她把我口袋里的知了抢过去,掐了一把,带着一路蝉声跑到了树荫底下。

我也很失望。一大早范小兵就放出话,要让我们见识见识,见识什么他不肯说。我们只好等,看着他把那个"见识"夹在胳肢窝里走来走去,我们更着急。他喜欢把他认为的好东西夹在胳肢窝里。我们一直相信他的胳肢窝,那个地方通常都不会让我们失望。可是现在,他拿出了一个带着汗水的红五星。我一扭头也跑到了树荫底下。

范小兵不着急,矜持地走到槐树下。他又把那个红五星放到我的鼻眼之间,我闻到了一股汗臭味。"猜猜,"他说,"哪儿来的?"

我懒得猜,"我有十八个,还不止。"

"天上掉下来的,"他把红五星在短裤上仔细地擦了擦,吹口气,"伞兵的,昨天从天上掉下来的。伞兵。"

"伞兵?"

"伞兵。"

我拿过红五星,翻来覆去地看。它跟刚才好像有点不一样了。不一样在哪里我说不上来。这样的红五星我有十八个还不止,可是没有一个是从天上掉下来的。伞兵,这是那个夏天我听到的唯一一个新词。"伞兵是什么兵?"

范小兵没理我,只是仰脸看天。"我要当伞兵。"

范小兵说他看到伞兵的第一眼时,就决定要当伞兵了。昨天下午,他从夏河的姑妈家回来,穿过野地时看到一架飞机经过头顶,慢得几乎要掉下来。他正担心,忽然看到飞机里掉下来一个东西,又掉下来一个东西,一连掉下来五个。往下掉的过程中他看到其实是五个人,他们飞速地往下坠,像五颗巨大的冰雹。然后他们身后弹出一个更巨大的尾巴,像松鼠一样翘到了头顶,紧接着他看到那些尾巴是一顶顶大伞,他们慢下来,如同滑翔的鸟向远方飞去。范小兵想起父亲跟他讲过的故事,他的头脑里一下子就冒出了两个字:伞兵。他跟我们就这么说的,一下子就冒出了两个字,像气泡一样。他当时就两腿发抖,不跟着他们跑不足以平息自己的激动。他边跑边叫,伞兵,伞兵!姑妈让他带回家的一篮子黄瓜都扔了。

他跟着降落伞跑,跌跌撞撞地经过田地和沟坎,摔了三跤。他说他还看见一个伞兵对他挥过手。但是他不得不在乌龙河前停下来,眼看着五把大伞越飘越远。他把嗓子都喊哑了他们也不会回来。直到再也看不见他们,范小兵才悲伤地往回走,两腿软软的。返回的路上发现了那枚红五星,范小兵再一次激动得两腿哆嗦。那枚五角星一半埋在土里,但他坚定地认为,毫无疑问它是某个伞兵的,它从天上掉下来。

范小兵还说,昨天夜里他梦见自己变成了一只大鸟,头顶上戴一颗闪闪发光的红五星。"我不当兵了,"他举着那颗红五星对我们说,"我要当伞兵。"

2

在知道有伞兵之前,我和范小兵只知道以后要当兵。我们所有男孩子都想当兵,当什么兵没想过,也没法去想,我们不知道兵还要分很多种。我们的理想是成为英勇的解放军战士,戴军帽,穿军装,头上一颗红五星闪闪发光。我们喜欢所有和解放军有关的东西,为此整天缠着父母,希望能给我们做一身军装,买一根宽大的八一皮带,一双崭新的解放鞋。但结果相当不好,父母说,哪来的钱做新衣服?酱油都吃不上了。他们都这么说。

我们的愿望从来没有完全实现过,我们一伙人,除了穿了好几年的解放鞋,要么是只有一件上衣,要么是只有一顶军帽,或者是一条八一皮带,没有一个人能够把自己全副武装起来。像我,除了一双解放鞋,只有叔叔淘汰给我的一条八一皮带,此外还有十八颗红五星。九颗是我从亲戚家的抽屉里搜出来的,九颗是从别人那里挣来的。我把皮带借给他们勒上两天,代价就是一颗红五星。当然我也送给别人几颗,那是因为我也想借别人的衣服穿两天。所以我说我有十八颗还不止。

范小兵不一样,他家不用打酱油,他家就是做酱油的。海陵人都知道,老范家的酱油那才叫真好。好在哪儿我不知道,他家有钱我是知道的,大家都知道。老范有钱呢,只进不出,镇上每年还给他钱,逢年过节都要敲锣打鼓地送一大堆好东西给他。老范是退伍的战斗英雄,从前线回家的时候,胸前挂了好几个奖章,一个大巴掌都捂不过来。但是范小兵比我们还惨,老范不仅不给他做军装买军帽,连解放鞋都不给他买。老范说:

"当兵,当兵,当什么兵!好好看书。上不好学就回来卖酱油!"

范小兵说:"我不卖酱油,我要当兵。"

老范抓起酱油端子就要打:"狗日的,还嘴硬!"

范小兵拉着我撒腿就跑。他要把从老范口袋里偷到的两毛钱藏到我家。我们都不懂老范为什么会这样,他是战斗英雄,在我们海陵,从炮弹里活着回来的就他一个。

"我长大了一定要当兵。"范小兵藏在我家的后屋里数钱,加上刚偷到的两毛,他已经是十二块九毛钱的主人了。十二块九毛,多么大的一笔钱啊,看得我口水直流。照他说的,只要攒到二十块就可以把别人的军装、皮带、解放鞋都买过来了。也就是说,现在除了没穿裤子,范小兵基本上已经像个军人了。我看着他把十二块九毛钱锁进他的小箱子里,无限神往一个没有穿裤子的范小兵。那箱子是我借给他用的,之前一直盛放我的宝贝,很普通,现在不一样了,在我看来它已经变成了聚宝箱。他把箱子锁好,亲自放到我家的柜子上头。"我要当兵,当伞兵。"

3

伞兵到底是个什么东西,我和刘田田一直都没想明白。范小兵说,记不记得,前年有场电影里放过的,一群解放军绑在伞底下飞?我和刘田田都不记得了,可能碰巧那场电影我们俩都没看。可是没看我们当时干什么去了?露天电影,全村的人都集中在中心路上,我们去哪儿了?范小兵支支吾吾地说,五月,那晚刮大风,银幕差点吹跑了。刘田田脱口而出,想起来了,那晚你妈又跑了!说完她立马意识到犯错误了,捂上嘴躲到我身后。

我也想起来了。那是范小兵他妈第三次离开家,也是最后一次,此后再也没有回来过,老范也没再去找过。

那晚上我和母亲搬着板凳去中心路,经过范小兵家,闻到一股浓烈的酱油味。他们家的门大敞着,门口围着一堆人。我挤过去,发现老范坐在屋子里的泥地上,屁股底下全是酱油。一只油桶倒了,流了一地。几个人上去劝他,想把他扶起来,老范就是不起,他像瘫痪了一样低头摸着地上的酱油。范小兵的堂叔从门后抓起一根扁担,问老范:

"追还是不追?你一句话。看我不把她腿给砸断了!"

所有人都看老范。老范摇摇头，突然拍着地大声喊："出去！都给我出去！"听他的声音一定是哭了。他拍起的酱油溅了别人一身。范小兵的堂叔和一伙人失落地出来了，顺手带上了门。他们在门外议论了一番，范小兵的堂叔说："我做主了，追！"几个人就跟着他往北走。后面跟了一大趟看热闹的。我和母亲也在里面。那时候电影已经开始，但因为已经起了风，把声音都刮到别处去了。听不见，我就把电影的事给忘了。

我已经猜到是追范小兵他妈，问母亲，她不愿说，让我不要多嘴。正好碰到刘田田，她也搬着小板凳跟着，我就问她。刘田田说："除了她还能有谁？看见范小兵了吗？"

"没有，"我说，"可能看电影了。"

范小兵不知道他妈今晚要跑。从第二次逃跑被抓回来，她被锁在家里已经一个半月了。年前她跟辛庄卖豆油的大胡子好上，就把酱油桶扔掉跟人家私奔了。大胡子五十多岁，老婆五年前死了，家里榨豆油卖，赶集的时候都跟范小兵他妈的酱油摊子摆在一起，收市回家时，也顺便帮她把独轮车放到他的小驴车上带回到他们村口。范小兵家没有驴，只有一头黄牛，没有女人赶着牛车去卖酱油的，所以只能推独轮车去。他们常年在一起卖油，一来二去就搞上了，然后范小兵他妈就挺不住了，撂了油桶就想往大胡子家跑。我见过大胡子，他的胡子真好，油汪汪的又黑又长，像电影里的包公，笑起来声音也响亮，像热油下锅。

开头那次私奔，被老范抓回来了，打一顿，关两天就算了，没想到几个月后又跑了，不是从家里跑，而是赶集卖酱油就没回来。三天后,老范的堂弟带着一帮人冲到辛庄,果然从大胡子的床上把范小兵他妈给拎回来了。老范一气就把她锁在屋里,关了一个半月。这一个半月范小兵他妈表现很好,老范就不忍心再锁,趁着村里放电影,就把她放出来看个热闹,也算是补偿。谁知道老范从外面转一圈回来,发现老婆又没了,柜子里的衣服也不见了,还弄倒了一桶酱油。老范围着一地的酱油转了转,腿一软,一屁股坐在了里面。

范小兵他妈那天晚上当然没有追回来,出了村庄就是一大片野地,到哪里去找。以后老范也没再找过,他不想再找了。现在除了儿子和酱油,老范什么都不关心。那晚上我们从野地里回来,继续看电影,但是很显然,我和刘田田已经错过了那个降落伞从天而降的场面。

4

范小兵的脸色先是不好看,接着又好看了。他把手从胳肢窝里抽出来,说:"我要让你们见识见识什么是伞兵!"

他拿树枝在地上画了一幅画,一个大伞下吊着一个人。很难看,我们还是看懂了。不过我们还是不明白他们是怎么从天上掉下来的。

"不是掉下来,是飘下来。"范小兵都有点急了,他做着飞翔的姿势从一堵断墙上跳下来,摔了个狗啃屎。爬起来又要上墙,我和刘田田制止了。不能让他再摔了。范小兵只好用手当翅膀,一路滑翔,"这样,就这样。"

我们说:"嗯,懂了,懂了。"

范小兵知道我们其实并不明白，也就不放过一切机会向我们解释。尤其是天上经过飞机的时候。整个夏天我们都在五斗渠外放牛，我、范小兵和刘田田。野地里没有遮拦，天大地大，总是范小兵最先看见飞机。"快，快！飞机来了！"他把牛扔在一边，跟着飞机就跑。我也跟着跑，希望能交上个好运，和范小兵一样看见伞兵落下来。刘田田跑得太慢，只好留下来看牛吃草。

一次好运都没交到。夏天过了一半，我绝望了。范小兵把没有伞兵落下来当成他的错，更加卖力地向我表演他的伞兵降落过程，看得我越来越糊涂。在范小兵也即将绝望的时候，一架飞机总算撒下了传单。

开始是几张，飘飘扬扬，我们跟着跑，踩坏了不少庄稼。范小兵一边跑一边叫，总算捞回了一点面子。"看，就这样，伞兵，就这样。"但飞机越飞越远，传单突然多起来，一点伞兵的样子都没有了，我只看到大雪花在落。我停下来，范小兵继续跟着跑，大半个钟头才回来，手里一沓纸。他把传单折腾来折腾去，不知怎么就成了一把纸伞的模样，然后拍了一下大腿，说：

"我知道了！我知道了！"

刘田田问我："他知道什么了？"

我说："不知道。"

第二天放牛，范小兵带了一把雨伞过来，还从别人那里借来了一顶军帽。我们更看不懂了，大热太阳的你带什么帽子和雨伞。

范小兵说："让你们见识见识。"

为此他建议我们去集中坟里放牛。集中坟是村庄北边坟地的名字,在乌龙河南岸,一大片坟堆,隔三岔五长几棵老松和柳。集中坟里草深,而且嫩,但我们很少去。坟地周围的河沟里经常会有死婴被扔在那儿,刘田田害怕。那天我们还是去了,因为范小兵坚持要让我们"见识见识"。

我们把缰绳缠在牛角上,让它们在坟地里随意吃草。范小兵戴上军帽,找了一个高大的坟堆,爬上去撑开伞,腰杆挺直得像一棵树。他要跳了。这姿势让我和刘田田多少有些激动,范小兵要当伞兵了。范小兵啊地叫了一声,声音还没落人就到地上了。刘田田忍不住笑了,我也笑了,我们根本没发现他的伞作用在哪里。范小兵脸都红了,抱怨坟堆太矮,要找个高的。找了半天都是矮的。然后看到了一棵老柳树,高高地伸着一只老胳膊。范小兵说,就它了。他爬到树上,找到合适的位置站好,撑开伞,他的腿激动得直抖,但我们从树底下仰着头看他,还是觉得头顶上站的就像是狼牙山五壮士。范小兵发出了猫头鹰似的叫声,呼啸而下,我们看见他抓着伞像伞兵一样平滑地飞翔了一段距离,落地的时候没站稳,坐到了一个坟头窝里。

范小兵成伞兵了。我羡慕不已,跑上去问他降落的过程中有什么感觉。范小兵喘着粗气说:"有点晕。"

晕过了他又爬起来,继续跳。我想他是找到伞兵的感觉了,尽管我还不知道做伞兵是什么感觉。刘田田却说,他是上瘾了,不就飞嘛,还能飞过鸟啊?我当然不同意她的说法,鸟是鸟飞,人是人飞。但是,说实话,她的话让我心里稍稍平衡了一点,我也想当伞兵了,可是我不敢跳,有点高。我们都把牛给忘了,范小兵一遍一遍地跳,我和刘田田躺在坟堆上看。

跳到第九次时出事了。范小兵觉得跳得越来越熟练了,想玩点花的,在降落的过程中转上几圈。他说他看到伞兵从天上下来的时候就转了好多圈。为了能多转几圈,范小兵改成背对我们跳,在跳下来的一瞬间就开始转第一圈。他做到了,应该说第一圈转得相当不错,错在第二圈,还没转完就落下来了,一头撞到石碑上。我们听到他叫了一声,又叫了一声,就倒在了地上。我和刘田田跑过去,看到范小兵一手抓着伞,一手捂着嘴哼唧。

刘田田叫着:"哎呀,你嘴出血了!"

范小兵疼得眉眼皱到了一块,对地上吐了一口,全是血。我觉得那血不对头,揪了一片草叶拨了拨,找到半颗牙。我对范小兵说:"把嘴张开。"范小兵艰难地张开嘴,露出破裂的嘴唇和带血的牙齿,两颗大门牙只剩下一颗半。他啃到了石碑。

5

豁嘴唇和断牙没能阻止范小兵当伞兵的热情,倒是老范阻止了几天。他带儿子去医院的路上就决定,不能让这小子再闹下去了。他决定把范小兵看在身边。在学校里他管不着,回了家就他说了算。他逼着范小兵跟他学做酱油,老范一直都说,范家的酱油是祖传的,后继不能无人;出门卖酱油也把范小兵带上,算算账收收钱,总比让他一天到晚乱跑强。两个星期以后,范小兵又自由了,老范发现整天把儿子拴在裤腰带上,牛没人放了。现在牛正是吃青草的时候,两天闻不到青草味头就耷下来。老范只好狠狠地教训了范小兵一顿,又让他去放牛。

卖酱油范小兵也没闲着,他从钱袋里前前后后摸了四块三毛钱。他把钱藏到我家的时候,脸上俨然是伞兵的表情了。快了,快了,已经穿上大半条裤子了。他跟我说:"我很快就有真正的降落伞了。"

真正的降落伞?

"等两天,会让你见识的。"

我等了两天,看到范小兵从家里偷出了一条床单。

"就这个?"

他郑重地点头。又从口袋里摸出几条绳子,让我和刘田田帮帮忙。

按照他的要求,我们在放牛的时候帮他做成了降落伞。把床单的四个角分别用一条绳子扎起来,然后四根绳子的另一头再扣在一起。弄完了,范小兵抓着绳头向前跑,有那么一下子床单膨胀起来,但是跑几步就缠在一起在地上拖了。显然是失败了。范小兵不服气,又试了几次,还是没起色。怎么回事?他问我们。我们哪里知道。刘田田头脑一亮,说,不是想让床单膨胀起来吗,用树枝撑着。我们就找了两根既细又直的紫穗槐枝条,交叉着和床单四角绑在一起,这样即使没风,床单也是膨胀起来的。又试了一次,降落伞已经能够离开地面了,只是范小兵奔跑的速度和时间都有限,降落伞在空中飘扬了一会儿就坠地了。

我们同时想到了牛。

拴在牛尾巴上,牛比我们都能跑。要范小兵家的黄牛,我们的水牛太笨重。我们把降落伞绑在了黄牛尾巴上,范小兵抽了一鞭子,黄牛闷着头向前跑,降落伞飘起来。就在那个花床单越升越高的时候,噗的掉了下来,黄牛不跑了。它忘了疼。我们兴奋的叫声的另一半,也跟着发不出来了。我想我是见识了降落伞,可惜只壮观了半截地那么远。范小兵还想再抽它一鞭子,我说没用,你总不能跟着它一直抽下去。

第二天范小兵带了一挂小鞭炮。"绑在牛尾巴上,"他说,"我就不信它还能停。"我和刘田田明白了。村东头的小坏孩玩过这个。过年的时候,小坏孩把鞭炮绑在邻居家的牛尾巴上,点着了,那头牛吓得一口气跑了十里路才停下来,差点累得断气。

降落伞和鞭炮绑好了,我和刘田田闪到路边。范小兵点着了火。爆炸声多如芝麻,震得我耳朵里像是飞进了一群小蜜蜂。黄牛发疯似的狂奔起来,降落伞迅速飘起来,鼓鼓胀胀,倾斜着跟在牛身后。降落伞。降落伞。范小兵跟黄牛一样疯狂,粗着脖子狂叫降落伞。我攥紧了拳头,攥得感到了疼。范小兵已经无限接近他的伞兵了。我陡然生出了一阵难受,成为伞兵是多么美好的事情啊。可那是范小兵的事。刘田田也跟着跳,一边跳一边叫。然后我们看见黄牛突然转身往回跑,那时候鞭炮已经炸完了,但它跑得依然疯狂,闷着头,两只尖角斜向上。降落伞重新飘起来。

"快躲开!"范小兵对着我们喊。

黄牛已经奔着我们冲过来了,四蹄踢踏起的尘土从身后扬起来，又飘又抖的花床单使它看起来像是个巨大的怪物。整条道路都在它蹄子下剧烈地晃动。它扣着头，我看到了它两只血红的大眼盯着我和刘田田。刘田田惊叫起来，整个人僵掉了，我想把她再往路边拉，怎么也拉不动，就在黄牛即将冲到我们的位置时，她突然转身往后跑，只跑了两步，黄牛就冲到了她身后。刘田田的尖叫如同泡沫擦过玻璃，她被牛头高高抬起，她的红衬衫在空中闪耀一下，接着被甩到了地上。黄牛从她身上经过，速度慢下来，降落伞着了地，兜着她拖了很远。我和范小兵追上去的时候，刘田田已经躺在路中间，降落伞的一根绳子断了，把她漏了下来。黄牛继续跑，拖着一条委地的床单。

刘田田一动不动地斜躺着，脸成了一张划破了的白纸。我喊了两声她都没有回应。我和范小兵的脸也白了。刘田田左边的大腿在往外流血，裤子都浸透了，右腿的小腿血肉模糊。我抱起她，不知怎么的眼泪唰地就出来了，接着是哭声。我从来都没有那么失去章法地哭过。如果不是范小兵在一边托着，我就是把这辈子所有的力气都使出来，恐怕都抱不动刘田田。

到了医院，我们在手术室外面等了很长时间，医生才出来。医生说，小的皮肉伤不算，一只牛角穿过了刘田田的左腿，一只牛蹄踩过她的右腿，还好只是骨肉伤，没有生命危险。刘田田在镇上的医院里住了一个月，出院的时候成了一个两腿都瘸的女孩。此外，偶尔还会精神恍惚，正吃着饭就咬着筷子发呆。从医院回来，她就再没去过学校。

黄牛是在三天以后找到的，竟然跑到了十五里以外的腰滩。那里有一片浩大的芦苇荡,它在里面吃得肚大腰圆,老范拽着缰绳它还不乐意跟着回来。

6

我们都担心老范会把范小兵打死,他用鞋底一下一下地抽。前几十下范小兵还叫唤,后来干脆不出声了,趴在板凳上撅着屁股,跟睡着了一样。我敢担保,老范一定是用上了当年在战场上杀敌的力气来收拾自己的儿子的,他打得满身大汗,一边打一边吼:

"叫你当兵!叫你当兵!"

打到后来老范也哭了,眼泪跟着汗水一直往下流。打到胳膊再也抬不起来了,打到范小兵的裤子都破了,打碎的布片布条和布丁嵌进了范小兵稀烂的屁股肉里。打到刘田田的爸妈都看不下去了,刘田田她妈哭着说:"不能再打了,再打也跟田田一样了。"

老范停下来,坐到地上,先是看着血红的鞋底,然后抱着被打昏了的范小兵失声痛哭。老范说:"小兵,小兵,你当个什么兵!"好像范小兵已经是个当兵的了。

很长时间里我都不明白,为什么老范坚决不同意范小兵当兵,说说都不行。我经常跟范小兵在他家玩,我提起来当兵的事,甚至说"当兵""军装""八一皮带"这些时,老范都很不高兴。他撅着个脸给我看,我立刻就闭嘴。他当然不会骂我,但范小兵一提他就骂。他说,再兵来兵去的,现在就给我滚出去!他对当兵之类的词和事情,简直敏感到了莫名其妙的地步。自从老婆跟大胡子跑了以后,每年镇上和村里敲锣打鼓地来慰问军烈属,他都尽量避开。连和军人有关的荣誉都要躲,好像人家不是来慰问他,而是来抓他坐牢的。

范小兵被暴打之后大约半个月,镇上的慰问团又来了。当年老范就是在这样的时节从前线退下来的,这一天成了战斗英雄的纪念日。他们开了一辆大卡车,吹吹打打从中心路拐到老范家的巷子里。卡车后跟了一大群人看热闹,像过节一样。我正在跟范小兵玩,他的屁股还不能靠板凳,必须站着或者趴着,那天他就是趴着,在席子上画自己在跳伞。

我对范小兵说:"又来看你爸了。"

范小兵头都不抬地说:"不在家看什么看。"

时间不长,村长带着两个更像领导的人进来了。背后是喧天的锣鼓,从卡车上一直响到院门口。

"你爸呢?"村长问。

"卖酱油去了。"

"你看看,你看看,太不像话了,"村长很生气,"这个老范,一到关键时候就不在家。"

"没事,"更大的领导说,"这说明我们的战斗英雄觉悟高,自力更生嘛。"

锣鼓继续,更热闹了。几个人抬了一块英雄匾和一纸箱子礼物进了门。老范不在家,仪式只好从简。范小兵从席子上爬起来,代表老范接受英雄匾和礼物箱。领导握着范小兵的手,弄得范小兵浑身痒得难受,但领导一直握着不撒手,对着照相机不停地说话。

最后,领导说:"老范是个好同志,我来两次了,他都不在家,让我很感动。作为一个身有残疾的战斗英雄,他不居功自傲,视荣誉为平常,这一点值得我们所有人学习!我代表镇政府、镇领导,向老范、向我们战斗英雄的儿子,表示崇高的敬意!"

慰问团走了,一些人还留在老范家看热闹。他们想看看箱子里到底装了什么好东西。范小兵打开箱子给他们看。有酒,有高级点心,还有一些苹果和西瓜。我听到一片口水声,谁家能吃上这些好东西啊。看得出来,他们像我一样眼馋。但是范小兵把箱子合上了。范小兵说:"这是给我爸的。"

巷子头的三秃子说:"都走都走,人家是送给残废军人的。你残废了吗也往上靠?"

男人们笑起来,都说:"没残废没残废。"

他们这么一说,我倒愣了,老范胳膊腿一样不少,残哪儿的废?

他们又笑了,三秃子说:"小兵,你妈是不是因为你爸残废才跟大胡子跑了?"

范小兵说:"你爸才残废!你妈才跟大胡子跑了!"

三秃子说:"是啊,我爸残废了,那个东西被打掉了,我妈跟大胡子跑了,又怎么样?反正他们也死了。"

屋子里的人都笑了,范小兵没笑,我也没笑。可是我在想,他爸竟然没有那个东西。我知道那个东西是什么。三秃子笑得尤其开心,前仰后合。范小兵一声不吭,从我身边走过去,抓起英雄匾照着三秃子的光头就砸下去。哗啦一声,玻璃碎了一地,三秃子满头满脸都是血,一道道流下来,跟电影里披红头发的鬼有点像。他怪叫着要打范小兵,被拉住了,他们觉得这玩笑开大了,一个个收起了笑脸,匆匆忙忙把三秃子拖出了门。

我一直待到天黑,到老范回来。老范把独轮车上的酱油桶拎下来,看了看地上的碎玻璃,一句话也没说,找了笤帚扫进了畚箕里。然后打开箱子,抱出最大的一个西瓜让我带回家,我推着手说不带,老范沉着脸看我,一个字一个字地说:

"带。一定要带。"

7

范小兵的钱攒够了。他的屁股好了,对降落伞的热情又背着老范高涨起来。那天晚上他把偷来的钱再次放进小箱子里,数完了,说:"二十块零六分。我要成为伞兵了。"然后把钱分成五份摊在我床上。这是帽子,这是袢子,这是裤子,这是鞋子,这是皮带,他说。他已经把所有有军装的人的价格都打听好了,也说定了,一手交钱一手交货。他急不可待地要去找那些有军装的人,现在就买下来。我说已经不早了,谁还不睡觉,明天吧。正好老范来我家找他,范小兵就急急忙忙锁了箱子回家了。

月亮那么好,光照到我脸上,睁开眼就看见掺着蓝幽幽的乳白色。村庄静寂,只有月光移动的声音,是那种琐细的小声音。它让我难受,让我心跳如鼓。我看着从窗户里透过来的一块月光慢慢移动,一直移动到柜子上,我从里到外咯噔响了一下。小箱子。

我在床上翻来覆去地转身,转来转去还是看见了那个小箱子。明天范小兵就要成为一个伞兵了,我能想象出来他意气风发的样子,他全副武装站在高得让人眩晕的地方,背后是他从家里偷出来的另一条床单,当然,现在已经是降落伞了,他向全世界人民喊,同志们,冲啊,纵身跳了下来,降落伞飘飘举举,缓缓而下,他在飞翔的过程中尽情地转圈,转一圈,再转一圈,经过漫长得有一天那么长的时间,范小兵终于落到地上,稳稳地站住,两条腿就像从来没有离开过大地一样,就像本来就长在大地上一样。我不知道我能不能成为伞兵,但是当个一般的解放军总可以吧。他看上的军装也是我看上的,也许在今天夜里我比他还要喜欢。可是我没有钱。我觉得慰问老范的锣鼓队伍正从我前胸上走过,咚咚咚,咣咣咣,我要喘不过气了。

我爬起来,把手艰难地伸向那个小箱子。

第二天清晨,我起得比爸妈都早。母亲问我起那么早干什么?

我说:"去姥姥家。"

"你不是说过两天再去的吗?"

"不过了,今天就去。"

母亲很高兴,赶紧给我做早饭。我不喜欢走亲戚,姥姥家都不想去,而姥姥想我去,她说都两年没见过我了,想我都想出病了。我说我去给姥姥看两眼,治治她的病。吃完饭收拾好东西,我走出家门。出了村子我又跑回来,走到范小兵家门口,看到老范正在院子中往一只桶里倒酱油。我跟老范说:

"叔叔,小兵呢?"

"还没起呢。我去叫醒他。"

"别叫了,没事。你跟小兵说一声,我去外婆家了,要什么东西直接去我家拿就行了。"

然后我比刚才更快的速度跑出了村子。一望无边的大野地,我踢着路边的草和露水往前走。右手插在口袋里,紧紧地捏着那一沓纸,捏出了一手心的汗。十三块钱。一件褂子,一条裤子。我知道我穿上那身军衣一定也很好看,解放军就是那个样子。我的左手里攥着一把钥匙,另一把在范小兵那里。左手突然从口袋里跳出来,将钥匙扔到了路边的水沟里,我看着小钥匙飘飘悠悠下沉的时候才清醒过来,已经晚了。沉下去了。我走了几步再回头,所有水面都长着同一张脸,分不清钥匙落在哪个地方。我站在水边看了看,继续往前走。我是不是跟范小兵说过,就一把钥匙?记不得了。只是十三块钱太多了,我怎么拿了这么多。除了偷瓜,我从来没拿过别人的东西。我一路都在念叨着十三块,直到进了外婆的家门。

我在外婆家住了三天才回来。回到家就听母亲说,小兵这小孩,就是不省心,这才几天啊,又把自己的腿给弄断了。

8

范小兵跳伞的时候把左腿给摔断了。

那天早上吃过早饭,他想等老范出门卖酱油后就到我家拿钱,可是老范吃完了饭一点没有要走的意思。老范说,他要等扎下的小商贩来买完酱油再走。范小兵不知道要等多久,就扯个幌子去了我家,直接抱着钱箱去找那几个要卖衣服给他的人了。整个上午他都在外面转悠,我不知道他打开钱箱是什么表情。或者是一件一件地买,直到最后才发现钱不够了?不知道。反正他只买到了帽子、鞋子和皮带。

我问母亲:"他拿走箱子以后又来过我家没有?"

母亲说:"来我家干什么?"

我松了一口气。可是范小兵他为什么不找我问一问?这个问题我一直都没想通。那个钱箱子他以后再也没有还给我,为什么不还,我不知道,也不敢去知道。此后我们谁都没提钱箱子的事。当然,那十三块钱我也没有拿去买军装,我把它们夹在一本书里藏在隐秘的地方,一直藏着,中途曾变换过几个地方,直到后来我都记不起来到底藏到了哪里。然后彻底找不到了。

钱丢了也没影响范小兵全副武装地跳伞,他偷了老范退伍时的军装。老范的军装压在衣柜最底下,范小兵拿出来给我看过。那时候他还不敢把它拿出来穿,否则会被老范打死。他挨过打,在他妈第一次跟大胡子私奔那会儿,他只是把军装拿出来在身前比画了一下,被老范看到了,拖过来就打,一连十二个耳光。老范的脸色像黑夜里的判官,声音更可怕,老范说:"狗日的,你再敢把它翻出来,我剥了你的皮喂狗!"

但是这次他抖起胆子把衣服偷出来了。他把帽子、鞋子、皮带和降落伞都藏在屋后的草垛里,开了门回家偷衣服。当时已经是半下午,老范早就出去卖酱油了,是个安全时段。他在打开衣柜之前还是犹豫了好长时间,他得给自己鼓劲,范小兵看到自己伸向柜子的手在哆嗦。柜子打开了,为了不被老范发现,范小兵每一件衣服拿得都很谨慎,按顺序拿出来再放进去,整个过程都很紧张。当他把衣柜合上,一抬头看到老范背对着他站在窗户外,在收绳上晒干的衣服。范小兵慌乱地把军装塞到了床底下,然后站起来说:

"爸。"

老范转过脸找了半天才看见他,"你在家啊?"老范说,继续收衣服,"我还以为你出去了。过来搭把手,把衣服拿进屋。"

范小兵来到院子里,说:"今天回来这么早?"

"卖完了就回来了。"

范小兵趁老范去饮牛的工夫把军装藏到了草垛里。

第二天上午穿上了父亲肥大的军装,袖子和裤腿卷了好几道,八一皮带束住了晃晃荡荡的上衣。他穿军衣戴军帽,英姿飒爽地站在乌龙河的放水闸顶上。那天正好风大,大风吹动的范小兵看上去就是一个英雄。闸底下围了一群像我一样做梦都想当兵的少年。放水闸顶离下面水边的平地至少有十五米,是我们那里能找到的落差最大的地方,没有比那里更适合跳伞了。

后来我听村长的儿子毛小末讲,范小兵并没有像我想象的那样,在跳下去的一刻喊什么口号,他甚至连一点声音都没出。他说,范小兵站到闸顶的时候低头对他们说,只有没见过世面的人才会在跳伞的时候大喊大叫,真正的伞兵都是一声不吭地跳的,有什么好喊的呢?伞兵跳伞就像木匠做板凳一样正常,拿起刨子就喊岂不是要累死。范小兵还说,站在高处往下看,感觉真是好极了,他觉得浑身都热了起来,就像煮沸的水一样,他都能听见身体里咕嘟咕嘟冒泡泡的声音,他太想飞了,像老鹰和麻雀那样自在地飞。说完,在大家还没反应过来的时候,跳了下去。

毛小末说,没想到降落伞飘下来的时候那么好看,慢悠悠的,想下来又不想下来,简直都没法相信它是由一条花床单做成的。像一朵花,也像一棵五彩的大蘑菇。范小兵降落的时候也好看,他从容地转着圈,大衣服里灌满了风,如同巨大的花气球下坠着的一个军绿色的小气球。毛小末说,真的,如果不是半路上摔下来,他比伞兵还伞兵。

问题是,半路上范小兵摔下来了。风力那么大,拼命地顶起伞盖,伞盖上范小兵不知道还需要有个排风的洞,交叉绑在四角的两根紫穗槐枝条中的一根突然折断,降落伞的两个角裹到了一起,先是两个角裹在一起,接着另一根枝条也断了,四个角裹到了一起,整个降落伞裹成了一条乱七八糟的装着风的大麻花。离平地五米左右的时候,范小兵像萝卜一样栽下来,毛小末他们都没来得及叫出来,范小兵就摔到了水泥台阶上。那些台阶从河堤上修下来,为了方便人取水的,坚硬而且棱角分明。范小兵结结实实地掉在上面,左边的小腿骨垫到了台阶角上。毛小末他们叫起来,范小兵也叫了起来。

接下来是听我父亲说的,他和老范一起把范小兵送到了镇上的医院。父亲说,在车上老范哭得可伤心了,一手稳住儿子的伤腿,一手捶打自己的脑袋,老范说,都怪他,都怪他,他当时要是不让小兵拿他的军装就不会这样了。他看见了。父亲说,这个老范。

到了医院,还是上次的那个医生,见了老范就说:"你们的骨头怎么老出事,上次是个丫头,这回换了个小子。"

9

这些都是很多年前的事了。

接着说现在。现在,我是一个自由漂游的人。大学毕业后教过几年书,又上了几年学,现在什么也不做,东飘西荡跟着风乱跑。我没当成兵,一天都没当过。高考前军检被刷下来了,平足。范小兵也没当成兵,更不要说伞兵。现在他是一个瘸子,一个孩子的父亲,整天推着独轮车到处卖酱油。范家的酱油做得越来越好了。因为左腿有问题,走路一深一浅,独轮车上左边的油桶从来不能装满,满了就会被颠得溢出来。他的老婆是刘田田,他们很早就结婚了。儿子五岁,名字叫大兵。这名字是范小兵给取的,刚开始遭到所有亲友的反对,当爹的才叫小兵,儿子怎么能叫大兵。范小兵坚持住了,所以现在大兵还叫大兵。这些我都是听我妈说的,我长年不回家,都是在和家里通电话和通信中知道这些事情的。

前段时间我难得回了一趟家,正站在院子里看着墙边的桑树发呆,母亲在门口喊我过去。她说小兵过去了。我伸着脖子朝巷子里看,范小兵已经走到了巷子的尽头,推着独轮车,身体忽高忽低地走,上身挺得直直的。和他一样挺直上身的是跟在车旁的儿子,五岁的大兵,不仅腰杆直,两只手也甩得有力,每一步都把脚尖踢起来,就像一个军人正步走过阅兵台。

2005-5-9,在北大万柳

我的朋友堂吉诃德

1

对门老周装修,叮叮当当一个多月,弄得我坐立不安,啥事也干不成。总算结束了,每天门窗飘过来浓重的油漆味,又带起了我鼻炎咽炎一块犯,对着书本和电脑不停地打喷嚏清嗓子,只好收起书关上电脑,坐在油漆味里等着老周来跟我聊天。他几乎每天必到。开始是巡视工人装修,看两眼就进了我家;然后是每天过来打开门窗让油漆和家具跑味,门窗敞开,他进了我的门。进来就说:"今天我得和你谈谈。"好像我们很熟,国际形势也必须我们来定。

其实在他装修之前,我根本没见过这人。那天我听见外面有隆重的咣咣声,房子跟着抖啊抖,以为天下大乱了,赶紧开门去看,门外堵着个矮胖子,脑袋像颗四喜丸子。"我是新来的邻居。老周。"他伸出手,"装修,动静大了点儿,没办法。您多包涵。"四十岁左右,领带和衬衫挤出了三层下巴。刚买了对门的二手房,今天开始装修。第一步,撬地板和砸墙,动静大得像开山。我简单地握过他的手,说,好,干吧。没有理由不让人装修。从此我就生活在噪音和地动山摇之中，从此我就每天和他聊天，因为我什么事也干不了，他又没什么事可干。

我们什么都聊，只要能出口，脏话都说。聊得最多的，当然是房子和房子里的人。北京这房子啊，他妈的，简直不是给人住的，比钱还贵。所以我只能租房子，老周也得拣便宜的二手房买。老周说，他买这房子还有一个原因：楼层不高。原来他住的房子高二十层，他在十一楼，不喜欢，想矮点，要是能住上平房就好了，最好四合院。我说老周你真有追求，四合院哪是我等穷人住得上的。

"你误会了，"老周说，一个劲儿地扶他的黑框眼镜，让我觉得他总有两个黑眼圈，"我是说很多人家住一块的大杂院，端一碗饭可以吃很多家的那种。"

"就是过去乡下那样的？"

"一点儿没错，就那样。一个院里的谁都认识，上一趟茅房要跟所有人打一遍招呼。多热乎。"

那种生活我也过过，挺好，全世界都像一家人。"问题是，那是大家都生活在一个平面上，而现在，全是鸽子笼，一层层摞上去，饭碗和茅房自己家里都有，想听黄段子电视机里也有，哪还用扎堆往一起凑。"

"停！问题就在这儿，难道这种封闭的、自给自足的生活就是我们想要的？"

我茫然地看着坐我对面的涨红的四喜丸子，这个话题让他很激动。他把手势摆起来，像个演说家。我挥挥手，让他继续。

"这不健康，不人性，你懂我的意思吗？"他舔一下干裂的嘴唇,我赶紧给他续水,"我们整天和一堆家具生活在一起,家具啊,它不是人!人和人之间的关系在哪里?那种和谐的、自然的关系在哪里?我问你,楼上的邻居你认识几个?楼下的你认识几个?在电梯里你会和几个人打招呼?你会和开电梯的姑娘说你好、谢谢和再见吗?"

他好像早就打好了腹稿要声讨我。我有点蒙。之前我租的房子在八楼,一共十二层,每天从电梯上下,两年时间,除了八楼,我从来没在任何一层停留过。如果午夜迟归,我会从楼梯直接爬上八楼,数着上,不会错到七层或者九层。那一栋楼我只和对门打招呼,因为有一天我房子里停水,饭烧了一半,实在没招了才去摁对门的门铃。和电梯工打招呼,也仅限于开头几次,我告诉她们,八楼。几次之后她们就记住了,我一进电梯她们就按"8",我连这个数字都不必说了。可这能说明什么问题。所有人不都是这么过的吗?咱们谁也没权利把日子过到别人家里去。侵犯别人隐私,那是犯罪。

"不,这是借口!"老周站起来,一手掐腰,像列宁一样在我家里走来走去,"绝对是借口。我们把'不需要'和'隐私'作为相互隔离的借口。难道我们就是为了相互需要才去与人相处吗?不对!孤独就是这样来的。仇恨就是这样来的。这不是我想要的健康的、放松的人与人的关系。"

为了让他在不太热的天气里少流点汗,我继续给他加水,说:"老周,喝茶。那你呢?"

他停下来,松了领带,坐下的时候腰杆一下子软了。"我也一样,"他说话的时候如同在忏悔,"没去过十二楼。找不到有什么必要去。可是,你说,真没有必要吗?有一天我跟我老婆说,我得上十二楼看看。我老婆说,神经病,上去找死啊。我赌口气,坚决要去,在电梯口等了好长时间,电梯还不上来,楼下有人在搬家具。我决定爬楼梯,到十一楼和十二楼中间黑咕隆咚的拐弯处,我停下来,突然觉得这事有点荒诞,我他妈为什么平白无故往十二楼跑?理由何在?我坐在拐弯的楼梯口抽了两根烟,带着一屁股的尘土回到了十一楼。没上去。直到搬家我都没上去。现在?没告诉过你?离了,房子归她。这几个月我借住在朋友的空房子里。"

"能不能八卦一下,为什么离?"

"说不明白。我想把那房子卖了,买个平房住,低一点的小板楼也成。她骂我神经病。就吵。一吵鸡毛蒜皮的小破事就全出来了。就离了。离了。也很好。"

现在我住的是老式的六层板楼,没有电梯,楼道宽敞,我和老周面对面住在四楼。老周新房子的油漆味跟着风往我屋子里跑。我对这栋楼没有概念,不知道一共住了多少人,就是我所在的这个单元也不清楚。但从每天上下楼看见的一张张脸来计算,应该不是很少。我记住的没几张。

"人和人之间不应该视同陌路,"老周语重心长地说,他那样子像教授,"等我住进来,我要和所有人打成一片。我要让撅起来的生活摊平了,大家和和美美地过。"

"乌托邦?"

"没那么高深。就是……"他正说,嘭的一声,风带上了他敞开跑味的防盗门。老周跑过去开门,在走道里大声接着说,"就是,让大伙儿都放松点,自然点。"

老周的防盗门质量相当好,全铁皮包裹,所以撞出的声音才这么大。他说他不喜欢什么防盗门,防谁呢,整天在猫眼里往外瞅,防来防去,贼没来自己倒像个贼了。可是,这也是他曾经批判过的,你都买不到防盗门之外的其他像样的门。没办法,他是被迫"防盗"。

今天聊了两个小时,他走了,我抽了两根烟才静下心来,正打算看几页书,楼道里又有了动静,乱糟糟的说话声和号子声从底下往上来。小心点儿。别碰了。一二,转。一二三,走。有人搬家。这栋楼据说曾是某部委家属楼,很多年前住的都是一些小官,后来这些小官熬大了,相继有更大的房子,这楼里就只剩下几户爬不上去的小官,和中官不愿意要的父母。前者如今都已退休,后者更是垂垂老矣,除了散步和下楼买菜,基本上过着闭门不出的隐居生活。空下来的房子都在出租,一拨又一拨年轻人在住,单租的,合租的,楼梯上浮动的都是新鲜的脸,全板着,行色匆匆。生活很忙,他们每天上班加班,花很多时间挣很少的钱,早上下楼时一手面包一手袋装牛奶,边吃边走,晚上回来拎着现买的馒头和方便面,有时候也会有两瓶啤酒,酒瓶子从不丢在门口,因为攒起来能卖钱,一个啤酒瓶两毛,小区里收垃圾的一直这个价。因为房客不固定,楼里住户流动人口就多。三天两头有搬进搬出。

2

刚入六月,老周搬进了新家,我们依然有空就凑一块聊天。我去他家,他的阳台大,坐藤椅上喝茶可以看见外面的中关村大街。车来车往拥挤繁华,时刻觉得自己是坐在现代化的北京。我叫他老周,周什么不知道。就是个邻居,没必要打听那么细。我们继续谈那个不是乌托邦的"乌托邦"问题。我很有兴趣,它让我想起了很多年前的生活,在乡村,一碗饭吃了半个村,回到家碗里还是满的,各家的菜都有。能让我回忆的东西我一般都认为一定不是太坏,所以这段时间我重读了不少相关的书,比如《乌托邦》,比如《理想国》,比如《桃花源记》和《瓦尔登湖》,系统地回顾了圣西门和沙尔·傅立叶,甚至特里莎修女的著作和传记,等等。但是他们很远,而老周很近。这是我愿意和老周聊天的原因。

"咱们谈的不是你那个乌托邦问题,"老周再次强调,"是活得自然、放松的问题。"

我说:"是。请继续说。"

但是老周到此为止。他只能说这些。他没看过《乌托邦》《理想国》和《瓦尔登湖》,也不知道圣西门和沙尔·傅立叶,特里莎修女也只是无意中在电视里看过她的一张照片。这些不重要,重要的是,老周通过自己的感受和经验,意识到了大家应该放松点、自然点,别那么紧张如临大敌。这让我有点仰视他,很少人有能力在都市生活里深刻地发现这一点。

"我跟你讲个故事,"老周说,"去年我坐卧铺火车去苏州,有两个包厢里聚着七八个北欧人,他们自行组织的一个旅行团。晚上他们喝啤酒聊天,我去打开水,路过他们包厢,好几个人对我举起了易拉罐,跟我哈罗,让我也来一罐。我说谢谢,我只喝水。快到车厢尽头时,看见一个北欧的老太太洗漱回来,她看见我,像朋友一样笑一下。我心里一惊。"

他停下来。我给他足够的时间让他卖关子。

"我惊什么?惊的是陌生人对我笑。你一定会说多大的事,不就笑一下嘛。没错,就笑一下。就是陌生人要请我来一罐。我见过外国人,我不老土,我没有崇洋媚外。我的意思是,你想想,在北京,在火车上,你遇到过陌生人自然地对你笑一下吗?你过路的时候,有人热情地邀请你喝两杯吗?我是说在北京。反正我没遇到过,除非他喝高了。没有人对我笑,除非他不怀好意。我也不会对别人笑,更不会邀请陌生人喝酒。我们总要防着周围人,值钱的东西随身携带,睡觉时要塞在被窝里。我们不和陌生人说话,旅行如同打仗,时刻准备掏出枪来自卫。说实话,如果一个陌生人对你笑,你第一感觉是什么?"

"恐惧。担心出事。有时候可能会觉得这人有毛病。"

"没错。这就是我想说的。事实上,对你笑的人未必就有企图,他为什么就不能正常呢?有那么多坏人吗?"

"不是说害人之心不可有,但防人之心也不可无嘛。"

"这就是问题所在。都想着防了,人人都防,满世界都被想象出贼了,他人即地狱,于是继续防,更得防。越防越觉得可怕,越可怕就越得防,恶性循环。本来可能满世界都是好人,这一层一层防下来,没一个好东西了。所以我们只能紧张紧张再紧张,最后没救了。"

老周表现了相当的逻辑思维能力,我几乎要被说服了。但是,我抽根烟,我得说出我的疑问,理论上这种推理成立,问题是,这世上的确有坏人啊,而且还为数不少,万一就被你撞上了,那可就连紧张的机会都没了。不怕贼偷,就怕贼惦记,惦记你的时候你可不知道他是个贼啊。

"贼不可怕,可怕的就是你这号人。"老周从椅子上起来,像阶级敌人一样看着我,愤怒和怨恨让他脖子变长了,眼镜片也隐隐泛出蓝色,"老想着万一万一,没贼也被你们逼出贼来了。人人自危的环境里,贼只会越来越多。"

这个逻辑依然成立。"可是,"我摩肩接踵的转折让老周很恼火,但我还得转折下去,"可是,你能否认贼的存在和危害吗?假设,偏偏被你撞上了,你会怎么想?"

"这完全是个人主义者的假设。"老周的声音里充满了天下为公的优越感,"毫无道理。"

六月的夕阳光线从远处高楼的夹缝里落到他油汗淋漓的脑袋上,四喜丸子正大庄严,金光灿灿。我知道这个假设的确毫无道理,是狭隘的个人主义在作祟,同时还是诡辩的一种策略,我依然理直气壮地出了口。因为这几天小区连续发生两起入室盗窃案。大白天就进去偷了。隔壁的三号楼就摊上一起,值钱的小东西被洗劫一空。杵到眼皮底下了,老周可以视而不见,我不行。

老周松了一口气:"这个事啊,一般性的问题。跟你那个人主义完全两码事。"

这个回合我输了,再守着那"假设"不放就小气了。老周显然也看出了我的虚弱,大度地挥挥手,喝茶。我们说说如何跟邻居们打成一片。

想不出好点子。尽管那理想的前景十分诱人。这是个长期的系统工程,我跟老周说,起码得若干代人一起努力,一点点正本清源,从根子上把咱们的世界观和人生观彻底矫正过来。三两天,一两个人,想都别想。

"百年大计咱管不了,自己这点小生活总还可以收拾好吧。起码得把自己弄得健康点。"老周干劲十足,不像离过婚的人。

3

老周说干就干。彻底住进来后的一周,就把本单元挨家挨户跑遍了,像推销洗发水一样发放名片,我是老周,新来的邻居,认识一下,有什么能帮上忙的,兄弟没二话。多交流啊。不知道别人怎么看,反正我在楼梯上往楼下瞅,看见他满脸堆笑地和二楼说话时,觉得极其难为情,甚至有点难堪,好像他是我堂哥。然后我看见二楼冷漠地点两下头,关门的声音也是地动山摇。也是一扇好门。他到一楼时,我下到三楼,人家干脆不开门,直接在房间里说:

"到别处推销吧,我们什么都不缺。"

老周说:"您好,我不是推销的。我是你们邻居老周。"

里面说:"什么邻居?有事?"

"新来的,请多关照。"

"关照不了。我们自己都关照不过来。"

一楼的门那次终于没开。老周跑了第二趟才让它打开十秒钟,正好是他说完那几句话的时间。我说老周你何苦呢,人家都那样了。老周说,他们都穿着厚厚的铠甲,要打碎当然会有麻烦,没问题,咱革命人永远是年轻。

但据我所知,年轻人似乎也不待见他。有一天傍晚老周拉着我去小区花坛边散步,这也是他的伟大工程之一,在散步时和人民群众打成一片。围着花坛走了几圈,老周发现烟没了,去杂货店里买,因为他要不停地给陌生人散烟以示友好。两个年轻人走到我跟前,男孩揽着女孩的腰。他们住我楼上,冬天里暖气凉了跑下楼问我出了啥问题,就认识了,但也仅限于见面点头。男孩说:

"那胖子是新搬来的吗?"

"没错。"

"是不是脑子有问题啊?"

我说没听说啊。

"反正不是好人,"女孩接着说,一下子抱紧了男朋友胳膊,"见面就缠着我搭茬。你最好离他远点。"

她语气凝重,完全像为我负责任才挺身而出。临走的时候还"切切"地对我点头。我都快哭了,老周一腔热血成狗屎了。然后我看见老周满面春风地回来了,左口袋一盒"中南海",右口袋一包"大白兔"。"大白兔"是哄孩子的。实话实说,如果说老周一点成绩没有,那也是瞎话。老人和孩子还是挺喜欢他。当他像花朵一样绽放开来的四喜丸子凑到老人和孩子眼前时,"大爷"叨着他的烟,"小朋友"吃着他的糖,还是挺开心的,他们和老周一起笑起来。也就是说,老周在老人和孩子中间还是有些市场的。

也有意外。比如有一回他在楼下和一个老大爷聊天,他递上一根烟。大爷刚叨上嘴抽一口,女儿拎着大包小包看他来了,见父亲嘴里正往外冒烟,扔掉礼盒就跑过来,一把揪掉了那根烟。

"说多少次了不抽不抽你还抽!"女儿因为一片孝心被辜负而大感伤心和愤怒。

大爷讪讪地说:"小周递根烟,不抽不合适。"

"你是谁啊?"女儿说,两眼对着老周冒火花,"你不知道我爸的肺只剩下一半了?成心害人吗你!"

老周回来跟我说:"你说我怎么知道老爷子只剩下半边肺了?我为什么要害他?"

"谁让你没事找人搭茬。"我嘴上这么说,心里还是替他喊冤,这都什么人哪,张口闭口就"害人",整得跟阶级对头似的。

这事过去没几天,"小朋友"那边也出事了。小家伙被"大白兔"卡着了,咽不下去吐不出来,憋得脑袋大了一圈,眼泪吧嗒吧嗒直往下掉。"小朋友"的妈更着急,她还年轻,没见过世面,吓得手脚冰凉,眼泪也跟着往下掉。老周也吓坏了,毕竟别人的孩子,都打算拨"120"了,小孩一梗脖子咽下去了。小家伙好了疮疤忘了旧疼,很有成就感地咯咯笑起来,还要吃"大白兔"。他妈手脚缓过来了,抱起孩子就走,一边走一边叨咕:

"吃,吃,就知道吃!人家给什么烂东西都往嘴里塞!"

弄得老周站在原地走也不是留也不是,四喜丸子白一阵红一阵。围观的人站在一边笑。没有人安慰他,大家都觉得"小朋友"的安全当然大过他的尊严和脸面,再说,谁让他见到小孩就发糖呢。电视电影里演了无数遍,主动给小孩糖吃的没一个好东西,不是日本鬼子就是汉奸。老周垂头丧气地敲我的门,我觉得自己再不安慰他有点说不过去,就开了玩笑,说,看来"大白兔"级别不够,得拿巧克力。

老周说你这哪是安慰,完全是伤口上撒盐。撒盐就撒盐吧,反正我觉得老周有点不值。但大环境如此,谁让他"不识时务"呢。而且老人和孩子,差不多算是高危人群,岂能乱碰。

"我不是觉得他们好说话嘛,"老周有点想不通,"成年人看你都像盯着贼。"

"可是你为什么要跟他们说话?"说完我才发现这是废话。他干的就是这事。

"不积极主动,怎么能改变现状?"他也一肚子想不明白,但他在我屋子里只走了一圈,情绪就好起来了,"你看,效果还是显著的。我现在认识的人比你多,我才来几天。"

这倒是。我正准备羡慕他一下,发现不是那么回事。我们俩继续一块下楼散步,我看出来情况有点微妙。我就认识那么几个人,但是我们都点头微笑。老周跟很多搭过腔,那些人中的绝大多数,见了老周赶紧把脑袋别过去,即便能对他笑一下的,也是惊鸿一瞥,微笑刚刚启动就停下了,或者另外一大半的微笑送给了别的人。能够完整地对他打个招呼的,也只是老人和孩子,如果此刻"大爷"和"小朋友"们正受制于人,他们会被儿女或者父母强制把脸转到其他方向。比如"小朋友"正在走路,年轻的妈妈会一把抱起,让老周看一个小后背。老周也很少能将自己的友爱之心完整地奉献出去,他笑了很多半截子笑,很多次把手抬到一半的高度,然后被迫像骨折一样掉下来。这样的招呼要是我,宁可不打。所有人好像串通好了似的,集体冷落和孤立老周。

我想老周一定也明白了这个局面。他的脸色越来越难看,四喜丸子仿佛正在变质发暗。

"我要坚持!我要坚持!"老周嘴唇哆嗦,如同自言自语,"我不相信我是个坏人。你看我像坏人吗?"

我给他根烟,点上。放松,老周。我开玩笑说:"看不出来。"

4

是有点怪异,好好的事怎么就成了现在这样子。这还不算完。小区最近又连出几起盗窃案。丢自行车的不在话下了。入室盗窃抢劫。多数是主人不在家,也有主人在家的。五号楼一家人,晚上记得门窗关得好好的,第二天早上起来看见也是关得好好的。就是遭贼了。女主人看见茶几上有一个闪闪发光的小东西,凑近一看,是手机的SIM卡,就纳闷,卡怎么会跑到茶几上。问老公,也犯迷糊。赶紧去找手机,哪里还有。客厅和书房里的抽屉箱子被席卷一空,金银细软全不见了。都不知道半夜里贼是怎么进来的,他还有时间把SIM卡抠出来留下,这一家人痛恨和叫骂之余多少还是有点感激。现在手机卡的重要不比身份证小,你跟这世界的各种关系都集中在这个小芯片上。

事后有个晚上,小区居委会电话通知我过去有点事。我以为租房子手续上出了问题,搜罗了合同、证件一起带过去,一进门就愣了,还坐了两个警察。居委会让我别紧张,就是了解下情况。我说有警察叔叔在,能不紧张吗。居委会说,跟你没关系,说你对门的那老周。

"老周是好人啊。"我说。肯定。

"你拿什么肯定?"居委会看我的眼光陡然就变了,警察也斜着眼看我。我后脊梁开始蹿凉风。"就是感觉。"我补充说。

现在是,居委会解释,最近小区老出事,他们四面出击明察暗访,综合各方面的信息,老周是疑点之一。居民们反映,他没事就喜欢到处串门,搞推销的都跑不了这么勤,逮着空就凑上去跟人搭茬,认识不认识的都要来两句。我们怀疑,他在踩点和探口风。希望你能配合,把了解的情况都提供给我们。派出所的同志也在。

"派出所的同志"说:"希望你有一说一,一丁点都不隐瞒。"

我的手心、腋下、脖子和后背开始出汗。我说你们的空调能不能开大点。事情跟我没必然关联,但我依然摆脱不了受审的感觉。如果我跟他们说,老周绝对清白,他们肯定不信,所以我就把我们从第一次到现在聊到的所有内容都如实讲来,包括他的离婚。整整讲了三个小时。从头到尾他们都歪着头看我,脑子里有十万个为什么。讲完了,警察先说:

"如果你所说的一切属实,这人可能有点问题。他去医院查过吗?跟我办过的一个案子有点像。那人也是这样,臆想,偏执,最后头脑不好使了。"

"他很正常!"警察的话让我很生气,"比你,还是比我吧,都正常。"

那个居委会总算有点学问,说:"这样的人,有点像那什么,就是骑着驴跟风车打仗的那个?"我插话说,堂吉诃德。"对,就是那唐什么德,"居委会接着说,"好玩是挺好玩,就是有点过时。我干社区工作这么多年了,城市里的生活我比谁都懂。我们生活节奏快,分工细,各做各的钉,各当各的铆,不是农业合作社干活大呼隆,要混一块生活。咱们就是要各活各的,才有个性,才是自己,才有隐私。隐私知道吗?一个社会,一个社区,现代化程度的最重要标志之一就是,隐私权得以实现的程度。你明白我的意思吗?"

我说我相当明白,但这是两回事。

居委会说:"年轻人就是犟。怎么是两回事?如果你那老周不是侵犯人家隐私,人家会反映他吗?"

老周成我的了。我觉得这事跟他是没法说清楚了,干脆闭嘴,只点头。点头是对的,现在已经半夜了,点头可以早点回去。回去之前,居委会和警察一起嘱咐:这事不能让老周知道;有情况及时上报;如果老周有精神病的苗头,赶紧送医院。我们居委会要对每一个居民负责。

居委会和派出所花了老鼻子力气,一无所获,盗窃隔三岔五依旧发生。最后居委会和物业不得不做出决定:从一楼到六楼,只有一扇大门的住户必须再装一扇防盗铁门,阳台的窗户上必须加装钢筋护栏,每户交一部分钱,居委会和物业出一部分,统一定做和安装;拒绝安装者,后果自负。

因为一部分费用由居委会和物业出,大多数人家都热情响应,自己掏了腰包也觉得赚了。也有不愿意折腾的,像我这样的房客。因为是租的房子，没准下个月就拍屁股走人了，不愿往外拿一分钱，也没值钱的东西怕偷；跟房东说，房东更不愿意，他们又不住，小偷再贼也没法把房子给偷走。还有一类人，觉得自己的门窗无比结实，导弹也打不坏，不装。这部分人最后还是屈服了。居委会和物业轮流上门，一遍遍动之以情晓之以理，再不装自己都过意不去。

住家里最后的死硬分子是老周。这段时间他情绪明显上不来。他明白出门没几个人待见他，散步时话少多了。喝茶时也老走神，不像过去那样先天下之忧而忧，意气风发侃侃而谈，茶杯放下就要叹气，目光悠远，仿佛能一直看到西山八大处。他似乎知道我被召见的事，有个晚上他没头没脑地问我一句：你也认为失窃与我有关？我说怎么可能，老兄你这样的人都恨不得给别人送货上门。他就苦笑一下，说喝茶。我也说，喝茶。可能他从哪里听到了风吹草动。老周拒绝加装，他对有关人员说：没必要。防盗门是新的，上等；住四楼，小偷爬不了这么高。如果失窃他自认倒霉。

显然这不是他的本意。他只是不想通过另一扇防盗门和防盗窗来禁锢自己。你可以说，门窗只是防盗，工具而已，跟禁锢没关系。但老周不这么看。新的防盗门和防盗窗会转化为心理暗示，而心理暗示可以变成紧身衣和铠甲，让我们远离自己。事实上，此类的心理暗示也正在制约和改变我们。他向往的健康、自然的生活状态，首要的任务就是去除和杜绝这种不良的心理暗示。

居委会和物业不答应。别人都装，你不装，上上下下就你那儿留了空子，招来小偷怎么办？此其一。其二，不装只会自找麻烦。实话实说,已经有人对你表示不满,想必你也清楚,如果别人装了之后仍然出事,而你没装还天下太平,结果你完全可以想见。那个时候,你说不清,我们居委会和物业也无能为力。你说呢,周先生?你不是想大家都过得好一点吗,多一事不如少一事,装吧,就当为人民服务了。

然后,某个上午我在房间看书,听见外面传来哼哧哼哧搬运的声音,然后是汽锤和电焊的声音。我打开门,看见三个工人在老周门口忙活。在他上等的全铁皮防盗门之外,他们正装另一扇钢管焊接成的更坚固的防盗门。老周倚着楼梯抽烟,一声不吭。

第二天我依然干不了活,工人们在老周的阳台上下打眼、焊接,噪音持续了大半天。

我隔着窗户对老周喊:"老周,你又害我。"

老周说:"我被谁害了?"

5

加装防盗门和防盗窗还是有效果的,之后的一个月没听说谁家又被偷了。入秋了,我的租房合同即将到期,因为挨着中关村大街,地段好,房东坚决要涨价,我只好提前出去找房子。有半个月的时间我每天往外跑。九月底的一天,新住处谈妥,我可以明天就搬过去。我进了家门,正打算收拾,老周进来了,说:

"今天我得和你谈谈。"

好多天没谈谈了。我放下手里的活儿,沏上茶让他坐下。

"今天下午,就是刚才,"老周伸长了脖子,用我很多天没有见到的激情在说,"我遭贼了,他们进了我的屋。"他的口气和叙述如此怪异,让我想起三流情色电影里的对白。一个自恋的男人对他朋友说:"今天下午,就是刚才,我撞上桃花运了,我上了她的床。"

一点都不搭界,我为自己的低级趣味感到惭愧。但我还是一下子挺直腰杆:"没出事吧?"

差一点。老周点上根烟,好多天以来,第一次用安宁平和的声音跟我说话。两个人,站在两道防盗门外,我从猫眼看见胖子很胖瘦子很瘦,他们说请开门,查水表的。我开了门,他们进来后,胖子突然关上门,瘦子一把勒住我脖子,一把匕首明晃晃地搭在我鼻尖上。刀刃很凉。"值钱的东西在哪儿?"瘦子说。胖子已经习惯性地往卧室的抽屉前冲。他把床头柜的几个抽屉翻遍了,除了香烟、打火机、手机充电电池和过了期的安全套,什么值钱的都没找到。胖子说:"给点颜色看看。"瘦子就把匕首放到我脖子上。"痛快点,"瘦子说,"别耍花样。"我说你总得给我喘口气再说话吧。他才发现胳膊上的力气使大了。他松开胳膊,端着匕首逼我坐到墙角的凳子上,"说吧,"他说,"男人做事,别磨磨叽叽的。"我就说,你们为什么要抢?穷得过不下去了?胖子还在卧室里翻,骂我神经病,谁规定只能穷得过不下去了才能抢?

我想也是,可是我们为什么要干这种伤害人的事呢。我跟他们讲道理,讲了这是犯法,抓着了要坐牢,将连累高堂、妻儿和亲朋好友。很多人,包括他们自己将不得安生。人和人之间的关系会变得越来越坏。我打算像牧师布道一样劝说他们。他们都笑了,他们觉得我很可笑,就像很多认为的一样。他们顺嘴就骂我神经病。我很正常,兄弟,你是知道的,我不仅想制止他们行凶作乱,也为了他们好,为了所有和他们有关和无关的人好。但是他们不听,一句话也听不进去。他们只是让我说出值钱的东西放在哪儿。瘦子说:"老兄,省省吧,我们已经干了十年了,你这几句就能起作用,我们这十年不是白混了?"

我知道他们不敢轻易动刀子。我就说,我都装了两道防盗门你们怎么还敢来抢?

胖子说:"你他妈哪来这么多屁话?我们又不是来抢防盗门!"

兄弟,说真的,当时我突然感到既高兴又绝望,我得意的是,再多的防盗门都是没用的,只要他们想偷想抢;绝望的是,十年了,他们依然想偷想抢,他们什么都听不进去。同时让老周绝望的还有,也许他的想法永远都实现不了。一栋楼里都不行,就是他单独一个人,也不行。这么多天他逐渐发现了这个问题,他觉得自己要扛不住了,他拗不过,开始怀疑自己是不是真的出了问题。老周说到这里目光开始迷离,那神情眼看是要跑题。

我急于想知道结果,赶紧打住他:"最后呢?"

"最后?"老周笑笑,"我告诉他们了。毫无保留。"

最后,老周绝望了。他想对他们来说,再伟大的道理都白搭,何况他的道理也并不伟大。他觉得心里长满了荒草,彻骨的冷,百无聊赖的空空荡荡。他说,好吧,他坐在墙角,

——指点值钱东西放在哪里,上了锁的给他们钥匙,有密码的告诉他们密码,并嘱咐他们别记混了。老周说,都拿去吧,我留着也没用。只是有点不好意思,钱太少,值钱的东西也不多。还有家电你们要不要?如果不嫌大,一块搬走了吧。

他们按照他的提醒一样样找到,突然感觉不对劲儿。他们发现老周已经从凳子上滑下来了,坐在地板上,浑身直哆嗦,直流眼泪。因为泪流满面,都不像他们刚刚劫持的老周了。

瘦子头一歪,说:"你为什么要告诉我们?"

"不是你们让我说的吗?"

胖子艰难地转动脖子,看看同伙又看看老周,警觉地说:"你是不是不想活了?"

"活不活跟你们有什么关系?"老周说,"这是我自己的事。"

瘦子说:"你是说,你想死?不是因为我们抢你点钱就想死吧?"

"他一定是之前就想死了,"胖子说,"他要真死了,那还有点麻烦。"

瘦子点点头:"出人命事就大了。喂,老兄,你不是真打算死吧?"

老周对我笑了笑,诡异地说:"你猜我当时怎么回答的?"

我摇摇头。

"我回答说:要不想死,为什么要把所有的值钱的东西都告诉你们?"

"然后呢?"

"然后他们就停住了。两人交头接耳了半分钟,瘦子把我从地板上拖到沙发上坐好,胖子把装到工具包里的东西又掏出来,放到我面前的大茶几上。胖子说,你看清楚了,一样不少,都在这里。再然后,他们就离开了。离开的时候千叮咛万嘱咐,让我一定不要今天就死,要死也等几天再说,让我别报案,因为他们什么都没拿,不能冤枉他们。就这样。"

真让我开了眼。我觉得像个传奇故事,老周在讲述时那神情如同在说梦话。反正我没怎么抓住。老周也看出来我的疑虑,他说如果我不相信,可以去他大茶几上看,细软还在那儿呢。我坐着没动,问他:"你当时真有要死的心?"

"你说呢?"老周凄凉地笑笑,"你这包,要出远门?"

"明天搬家。"我说,忽然想起来,邻居这么久了我还不知道他的名字。于是我问,"老周,你叫什么名字?"

2008-5-11,海淀南路

这些年我一直在路上

1

车到南京,咳嗽终于开始猛烈发作,捂都捂不住,嗓子里总像卡着两根鸡毛。他间隔两三分钟钻到被子里用力咳一次,想把鸡毛弄出来,可是刚清爽几秒钟鸡毛又长出来,只好再钻进被子里。现在凌晨刚过十分钟,车慢下来,南京站的灯光越来越明亮地渗入车厢里。其余五张硬卧上的乘客都在睡觉,他在左边的中铺上坐起来,谨慎地伸手去够茶几上的保温杯。喝点热水润一润会管点用,这是慢性支气管炎患者的日常经验。中铺低矮的空间让他不得不折叠起上半身,嗓子眼里的鸡毛随之至少被折断了一根,现在成了三根,或者更多,痒得他不由自主猛咳起来,一口水喷了满床。下床和侧上床同时翻了个身,各自用方言嘀咕了一句,听不懂他也知道两人在表达同一个意思。他很惭愧。也许此刻所有人都没睡着,他几乎不间断地咳嗽和清嗓子,还有擦鼻涕,该死的感冒。他捏着嗓子慢慢滑进被子里,忍住,他跟自己说,忍住,一定要他妈的忍住,直到平躺下来然后咳嗽神奇地消失。他忍出了一身的汗。

但是躺下来后他绝望地发现鸡毛在长大,像蒲公英一样蓬松地开放,像热带雨林里的榕树见缝扎根,从气管往下,整个胸腔乱糟糟地灼辣。胸闷,通常的症状之一,他想象那些根须正在布满胸腔。他想从肋骨中间把自己扒开,有一扇门很重要,让大把大把的氧气清爽地吹进来。是啊,上半身很重,像炉膛里烧了半黑半红的一块大铁砣。他后悔出门时没带常备药,后悔昨天晚上洗的那个忽冷忽热的淋浴。为什么价格便宜的旅馆里的热水器从来都不能他妈的正常工作呢?他简直要哭出来。

车子抖动一下,缓缓开动,窗外南京站午夜的小喧闹沉寂下来。一忍再忍他还是咳出来,堪称大爆发,动静之大让他的头和脚同时翘起来,身体在床板上颠动了一下。这声咳嗽几乎要把喉咙撕破。斜下床的男人用标准的普通话骂了一句。他哑着嗓子说对不起,趁机又连咳了两声。上铺的脚后跟磕一下床板,一个五十开外的女教师,她知道烦躁也可以文明一点。

他捂着胸口侧身向外,南京站的灯光越来越淡。他看见对面中铺的床头闪着两个黑亮的点,然后那两个亮点升起来,是中铺的眼。那个十二个小时里没出过声的女人,右胳膊肘支撑着欠起身,用手机照亮床头的包,拿出两个小瓶子,晃动一下,哗啦哗啦微小的响。她压低声音说:

"药。"

治感冒和咳嗽。因为长久没有说话,她的声音空洞虚飘,像一声叹息。

吞下三粒胶囊,还药瓶时他难为情地说:"这趟路有点长。"

跟路途长短没关系,再长远的路他都走过。躺下时他对幽暗的上铺床板歉意地笑了笑,除了感谢之外,他一直没学会怎样才能和一个陌生的年轻女人多说上几句话。这个女人三十左右,披肩烫发,染成淡黄褐色,眉形很好,白天一直坐在窗边支着下巴向外看,面部侧影像某个他叫不上名字的电影明星。整个白天她都保持那个姿势,右腿叠在左腿上。他认为那是发呆。他对她的印象就这么多。那个女人不爱说话,他也不爱说话,沉默的人在喧嚣的车厢里总是形同虚设。

十分钟后药效出来了。从嗓子眼往下,一寸一寸开始轻松,如同浓雾从身体里缓缓散去,身体一点点变轻。火车的颠簸让他以为自己漂浮在水上。他闭着眼看见火车穿过茫茫黑夜,如果黑暗不是水,如果忽略床板的托举,他觉得用"悬浮"这个词更合适。悬浮在黑夜里,疾速向前,感觉很好。他把脑袋歪向车厢隔板,睡着之前他想,这些年我一直在路上。

2

这些年我一直在路上,之前多少年几乎一动不动。静止不是个好习惯,会让别人生厌。静止能有什么乐趣呢?当初前妻说,在一个后现代的大城市,安静地生活就是犯法。前妻的逻辑他理解起来一直有困难,难道在北京和上海这种地方,每天都得跳着脚过日子?他每天从床上下来的那一刻起,几乎都是双脚同时着地,然后吃早饭,坐地铁10号线上班,单位恰好也在十四站之后的地铁口旁边,他为此感谢很多人,设计地铁的,修地铁的,给单位选址的若干任前的领导,以及设计施工建造单位大楼的所有人,他连马路都不要过,过一次马路你知道多麻烦吗?你不知道,那么多行人和车辆,红灯停绿灯行,这个世界上的红灯永远比绿灯多,中午在单位食堂吃,只要下楼走五十米,服务员把饭菜都放进你的托盘里,继续上班,他双脚垂地坐在办公桌前,偶尔一只脚着地那是因为为了更舒服一点跷起了二郎腿,但是医学研究证明,跷二郎腿对身体其实有害,他就把那只脚放下来,除了去洗手间、会议室和同事们的办公室,在单位他几乎都找不到走路的机会,然后下班,坐10号线回家,路上看报纸、杂志或者字帖,他好书法,小时候在私塾出身的祖父的指点下练了点童子功,这些年一直没放弃,拿起毛笔他觉得自己丰富安宁,仿佛需要对生活感恩,但是,老婆说,咱们的生活乏味成这个样子,你就不能动一动吗?那时候还不是前妻,等出了民政局的门,刚成了前妻时她说:

"爱动不动吧。"

前妻爱动,有点时间就折腾,逛街、美食、美容、旅游、看演出,反正只要不在家里就高兴。开始还动员他一起去,他也去,但明显动起来很不在状态,她也就意兴阑珊了。你就在家待着养老吧,她一个人出门,喀喀喀到这儿,嚓嚓嚓又到那儿,忙着在网络上搜集能让她出门的理由,或者找一帮驴友,背包、登山鞋、拐杖、野外帐篷,满地球乱跑。他不反对她像吃了兴奋剂一样到处跑,只要你觉得开心,我尊重你多动症似的自由,愿意上月球我能帮的一定也帮你。但是她对他不爱出门看不习惯,一会儿说,你才有病呢,明天我带你去医院看看? 一会儿说,我怎么一开门就觉得家里坐着个爹啊,说我爹还夸你年轻了,应该是我爷爷。

出门还是待在家,就此问题他们争论过无数次,离婚前的一个夏天晚上吵得最烈。正吃晚饭,电视开着,一个烂得不成样子的电视剧里,一对年轻夫妇在收拾家伙,准备去西藏旅游。他们兴致很好,连三岁的儿子都对着镜头做出冲锋陷阵状,奶声奶气地喊:看牦牛去,耶! 老婆嘟起嘴用下巴指电视,说:"看看人家,孩子都那么大了。"

她的意思是,人家孩子都三岁了,还见缝插针往西藏跑。这不是最好的榜样,最好的榜样是八十岁的老两口还相约环游世界。而他们结婚只有三年。

窗外就是大马路,二十四小时里每一分钟都闹闹哄哄,为了阻挡喧嚣,装修时他在阳台装了双层隔音玻璃窗。他懒得出门,见到人声鼎沸他就烦,更懒得出远门来更大的折腾。他也不愿意吵架,所以就笑笑,推开饭碗去书房练字。老婆定了规矩,饭后半小时不能坐,便于消化,不长肉。他正好用来站着练字。刚把纸摊开,老婆跟进来。

"忘了告诉你,"她说,"名报了,两个人。"

"不是说好我不去的吗? 请不出假。"

她的单位组织去海拉尔,每人可以带一个家属。大部分都带,同事们就怂恿她,老公都搞不定,要不我们借你一个? 她有点火。

"请过了。你们副总说没问题。"

他扭过头看她,真行,我的领导你都能搞定。"可我不想跑。"

"这一回,是个死尸我也要把你抬上车。"

他坐下来。

"站起来!饭后半小时别坐着。"

"能不能别让我按你的规划过日子?"

"一次也不行?"

"真不想去。想到出门我头晕犯恶心。"

老婆的火苗就在这时蹿了上来,猛一拉毡子,带着砚台飞起来,墨汁泼了他一头脸,圆领白T恤前胸染了一摊黑。这衬衫是她去年参加三亚旅游团送的,后背上印着蓝色手写体:想来想去,明年夏天还得来三亚。

他抖着滴滴答答往下掉墨水的T恤,血往头上升。"跟你怎么就说不清楚呢?我不想折腾!"

"那是你有病!你怕出门撞见鬼吗你?"

"哪儿跟哪儿呀这是?你才有病!除了睡觉吃饭,一天你在家待几分钟?过两天安静日子会死啊?"

"安静?可笑!就是个缩头乌龟,还蹲家里冒充作家!"

你跟她永远说不清楚。他当时想,我平心戒躁,这也错了?他想跟她讲道理,但是这道理结婚以来每年要讲三百六十六次,他们还要为此吵第三百六十七次。他突然觉得无话可说,转身去卫生间对着水龙头冲了头脸,湿漉漉地出了门。他想不通一年有如此多的架要吵,为同一件莫名其妙的事。他听见老婆在身后喊:

"整天缩家里,谁知道脑子里出了什么猫腻!"

越简单的事情越难办,所以这个问题他们翻来覆去地吵。从她的单位旅游通知下来开始,半个多月几乎每天都要为此辩论,越扯越多,已经上升到精神疾病和世界观、人生观的高度。他不想争论并非惧怕老婆对他头脑和什么观的指责,而是惧怕吵架本身。每次吵架都让他陡生对婚姻和生活的虚无和幻灭感,刚刚积累出来的过日子的热情一阵大风全刮走了。究竟是什么东西让一对发誓要在一起生活一辈子的人没事就翻脸,只是动和静的问题?或者热爱喧哗还是安静的问题?这些问题足以摧毁连一生都不惜拿出来献给对方的婚姻和家庭?他难以理解。吵架时他觉得两个人连陌生人都不如。他希望和而不同,而不是吵架、吵架、吵架和吵架。

如他所料,即使在晚上七点钟马路上也堵车,很多车在红灯底下摁喇叭。骑电动车和自行车的人,公然在斑马线上闯红灯,步行者因此得到鼓励,向已经被迫慢下来的车作停止手势,停。司机愤怒地拍着喇叭骂娘。喝醉酒的两个男人一路骂骂咧咧。母亲在扇小儿子的耳光。拾荒的老太太跟在喝康师傅绿茶的小伙子身后,等他喝完最后一口以便捡到空瓶子。理发店的音响开到最大,循环唱《月亮之上》。遛弯的小狗长得像只老鼠,盯着一个穿红色高跟凉鞋的女孩一直叫。

还有很多。噪音在城市夜幕垂帘时终于聚到了一起,多余的精力必须在当天耗尽。如此之乱。这正是他不能忍受的地方。他待在家里,关上双层隔音玻璃窗,世界才能静下来。出小区门向右拐,再向右拐,一大群人从一个门里拥出来。他竟然习惯性地要往地铁里去,似乎出了家门只有这一条路可走。他茫然地站在路边,头顶的路灯蚊虫缭绕,他在路边坐下来,马路牙子现在依然滚烫。抽了一根烟,想到另外一个小区旁边的小公园,那里会清静点。他一路抖着被染黑的湿T恤,像个行为艺术家,墨汁溅出了一只大写意的翅膀。

公园里人也不少,好在花木多,曲径回廊,明暗闪烁,如果坐下来你还是能感觉到这地方可以一直坐下去。喷泉开了,他过去想看看水。周围的花园墙上坐着家长,好几个孩子在不断变换形状的喷泉里钻来钻去。水柱淋透他们全身,孩子们很高兴,在这个城市,如果不进游泳馆,你能看到水的地方只有自己家里细长的水龙头。他小时候在农村,屋后就是一条长河,夏天总要发一场大水,他喜欢用脚摸着被漫过的石桥走到对岸,然后再走回来。而这是没见过大水的一代。他们见到一个喷泉就如此开心,不管父母的责骂,不一留神就钻到水柱底下,一个个喷嘴踩过去,在水中相互追赶。水花清凉,浇在身上会比淋浴舒服一千倍,他们开心地嗷嗷叫。

他在穿拖鞋的家长们旁边坐下,一个大肚子的男人说:"你那衣服,洗洗?"他笑笑。

又一个男人说:"要是我,就洗。"

一个短头发的女人说:"不洗穿着多难受。"

另一个女人附和。

城市迫使他们学会了矜持。一个成年人不能随便在众目睽睽之下淋湿自己,这是身份和教养,顺其自然将被认为是矫情;虽然他们可以当着陌生人偶尔抠一下酸腐的脚丫子,喜欢在沙滩短裤里面不穿内裤,但是此刻他们希望有个人能代替他们冲进水柱中间。如果没有更多人取笑,他们将会因为他的献身而感同身受,我们知道,水的确是个好东西,尤其在这个闷热的夏夜里;如果超过半数的人因他的行为感到难为情,那么我们有充分的理由认为他就是一个傻子。一个超过三十岁的傻子,他与小孩为伍,而且胸前正往下流黑水。

水柱穿过T恤变成黑色,他踩着最黑的乌云在喷泉里走。遥远的地方传来雷声,天气预报说,今天夜间到明天,城市西北部有阵雨。他真就钻进了喷泉里,跟他们怂恿无关,而是因为怀念家后面的那条河。他把T恤张开,姿势像撩起衣襟讨饭的乡下人。白T恤开始变白,曹素功牌墨汁也经不住坚硬的水流冲洗。水打到皮肤上感觉好极了,他把脑袋放到一根水柱上。有人对他指指点点,他听不见是褒还是贬,此时水声巨大,仿佛长河里在涨水。

3

早上醒来第一件事是咳嗽,药效过了。那个女人坐在窗口往外看,杨树和柳树一棵棵往后闪,她的姿势没变。听见他咳嗽,她站起来到床头打开包,递给他昨天夜里的那两个小药瓶。就算只为了这陌生的药,他也坚持请她去餐车吃早饭。

他们面对面坐在餐桌前,她说:"别客气,出门在外。说会儿话吧。"

"我以为你不爱说话。"

"我是不爱说话,"她在牛奶杯子里转动汤匙,"可我有一肚子想说。"

"那你说,我听着。"他转过脸咳嗽一声。

"你先说。"

"一受凉就带起支气管炎,"他说,"说咳嗽你不介意吧?"

她的汤匙敲三下杯子。什么都行。

他就说,一天晚上我从公园里回来,躺在楼下的凉椅上睡着了。我在公园的喷泉里把T恤洗干净了,和从三亚带回来时一样白。我把自己淋了个透,像小时候我爸给我理完头发,我穿着衣服一个猛子扎进夏天的长河里,露出脑袋时我就觉得水把我浸透了。

她的汤匙又敲三下杯子,请继续。

因为刚和老婆吵过架,他下意识地盯着过往行人的脸,那些晚归的人步行、骑车乃至小跑,他在他们脸上无一例外看到归心似箭的表情。他们往家赶,而他不想回,风穿过湿衣服,他有点累。小区楼下有一溜凉椅,明亮处坐着乘凉的老头老太太,靠近树丛的阴暗处坐着年轻的男女。情侣的坐姿总是不端正,一个躺在另一个的怀里,相互咬着耳朵说话。他在靠近小区门的椅子上躺下,连绵不绝的车辆从十米之外的马路上跑过。

"他们一定家庭和睦、生活幸福。"他像她一样敲了三下汤匙,"当时我想,美好的生活来之不易,如果她下楼来找我,哪怕她一声不吭地站在凉椅前,我一定和她回去,跟过去一样就当结婚三年一次脸都没红过。过去吵架我出门透气,一个小时后她会打我手机,只响三声。三生万物,代表无穷多。但那晚我湿漉漉地出门,忘了带手机。"

"她找你了?"她问。

他摇摇头,在凉椅上睡着了。

向来入睡艰难,在凉椅上睡得却很快,而且突然没了眠浅的毛病。雷声滚过来他没听见,所有人都走光了他也不知道。他睡啊睡,梦见大河漫过身体,他如鱼得水。一个鲜红的球状闪电落下来,半条河剧烈晃动一下,吓得他呛了两口水,他在水里开始咳嗽。因为咳嗽他醒过来,还躺在凉椅上。雨下得那么大我竟然一点感觉都没有,这很奇怪。你不相信?那闪电是真的,第二天我去坐地铁,看见地铁站旁边那棵连抱的老槐树被劈成两半,一小半倒在地上。老槐树的肚子里已经空了,站着的主体部分像一个人被扒开了胸腔。没错,我咳嗽了。那场大雨把我浇出了感冒,支气管炎跟着发作,在地铁里我咳嗽了一路。

"你回家时她在干吗?"

"开着电视睡着了。"他咳嗽两声,"我冲了个热水澡,在书房沙发上睡了一夜。要早点吃药就好了,我断断续续咳了三个月。婚离完了还没好利索。"

"海拉尔呢?"

"没去。先生,我们可以在餐车多待一会儿吗?"

服务员挥挥手,没问题。

"我去抽根烟。该你了。"

他从餐车顶头抽完烟回来,她在敲空杯子。"真不知道从哪里开始好,"她看着窗外,火车正穿过一个小镇,"就说为什么我坐在这车上吧。"

一个月一次,这是第七次。她去看她老公,他被关在一座陌生城市的看守所里。看守所在城郊,高墙上架着铁丝网,当兵的怀抱钢枪在半空里巡逻。他们不让她进,量刑之前嫌疑人不得与任何人见面。她不太懂监狱里的规矩,执意要进,她说我就看看我老公,你看我给他带了最爱吃的捆蹄,用的是最好的肉,还有烟,除了"白沙"他什么烟都不抽。门卫说不行。她就央求,泪流满面,门卫还说不行。到后来门卫说,大姐,求你了,你这么哭我难受,我真帮不了你,你再哭我也要哭了。那小伙子二十出头,离家没几年,晒得跟铁蛋一样黑。她没理由让人家跟着她哭,就把捆蹄和白沙烟放在大门口,一个人离开了。门卫让她带走,她没回头,一直走到很远的一块荒地上,一屁股坐下来放声大哭。在野草地里哭谁都听不见。

哭完了,人空掉一半,她在城郊的一家小旅馆住下来。只住两天,她没办法跟单位请更长时间的假。每天一大早来到看守所门口,不让进,她就像个特务似的在看守所周围转悠。她听见里面很多人在喊号子,她努力在众多声音里分辨丈夫的声音。他的声音饱满,上好的男中音,不过现在可能已经因为不自由变得沙哑。她觉得她听出了众多声音里的那个声音发生的变化,即使沙哑,它在所有声音里也最为明亮,像天上唯一的一道闪电。

前三次他们都不让她进,晒得一般黑的小伙子们口径一致,她的哭喊和央求没有意义。他们说,你得再等等,判过就可以了。她宁可不判,她也不想等,她对他们说,我老公是冤枉的。他们板着脸不说话,冤不冤枉谁说了都不算。她只能等。你不必每个月都来,有结果自然会通知你,打你的电话。但她还是来了,第四次。不再哭诉,而是围着看守所转了一圈后,步行进入了这座陌生城市的内部。她像一个观光客,决定把这里的每一个地方都走遍。

第五次。第六次。第七次。这当然不是旅游的好地方。

"对这个城市,"她说,"跟我对自己家一样熟悉。我有白沙烟,你抽吗?不往下咽就不会咳嗽。"

他们来到餐车顶头,倚着车厢斜对面一起抽白沙烟。火车咣当咣当,节奏平稳,可以地老天荒地响下去。

"见不到人,你去那里意义何在?"

"到那里,我才会觉得他还好好的,心里才踏实。"她吸烟时手指和嘴唇的动作不是很舒展,是个新手。"夫妻有心灵感应,你不信?他在里头一定也能感觉到,我在等他出来。你真不信?"

他狠吸了两口烟,火走得疾,烫到了食指和中指。他用鼻子笑了一声,"怎么感?"

"如果你爱她,你就感觉得到。对不起,我是说,我。"

"没事,我努力感应自己吧。我和自己相依为命。"他笑笑,掐掉烟,"希望他早点出来。"

"我老公是被冤枉的,我说了!他什么都不知道,他只是个司机!"

我必须跟你说清楚,我老公是清白的。他只是个司机,每天勤勤恳恳地坐在驾驶座上,反光镜拨到一边,局长在后面做任何事他都看不见。他开车时喜欢在脑子里唱歌,他的实现不了的理想是到乐团唱男中音,所以局长对着手机说什么他一句都听不见。我们生活很好,两个人的工资足够我们养活好一个五岁的女孩,可以送她进一个不错的幼儿园,请教声乐的大学老师每个星期辅导一次,我们甚至打算给她买一架好一点的钢琴。我们没有途径腐败,也不会去腐败,局长的案子和他一点关系都没有!你不信?哦,对不起,我有点激动,五个月了我从来没和别人说过这么多话。不管是陌生人还是我爸妈。他们永远都不会相信一个清白的人也会进监狱。他们从开始就不赞同我和他在一起。

"你们的感情很好,"他说,"可以再给我一根白沙吗?"

"很好。"她把烟盒递过来,顺便也给自己点上一根新的,"二十三岁嫁给他,工作第一年。爸妈不同意,把我反锁在家。半夜里我跳了窗户跑到他宿舍,只带了三件换洗衣服。我说我来了,这辈子你都不能赶我走。他说好,就算山洪暴发冲到屋里,我也抱着你一起死。"她开始掉眼泪,没哭的时候她难过,眼泪出来时她很幸福,"我知道他,比知道自己还知道。他是冤枉的。"

"没准下个月他就出来了,"他安慰说,"一清二白,和过去一样,星期天你们可以带孩子去学唱歌。"

她把眼泪流完,用湿纸巾擦过后补了一点妆,为了不让第三个人看见她的悲伤。"我要下车了,"她说,"谢谢你听我哭诉。"他连着咳嗽了一串子。她从包里拿出小药瓶,"你还要赶路,这个带上。"

"谢谢。能否给我个电话?下次我来看你。"

"不必了,我们只是碰巧在一节车厢。"

"别误会,我只是想,我们可以在电话里说说话。希望你老公一切都好。"

她在餐巾纸上写下名字和手机号。

4

那座山城有个好听的名字,城市环山而建,长江从城市脚下流过。火车重新开动,他坐在窗前她一直坐的位置,用她的眼光看见城市缓慢后退。他喜欢这个陌生的城市,山很高,楼很低,层叠而上,所有坐在房间里的人都能在晴天照到阳光。他想象那个女人拎着箱子走到家门口,打开,进去,女儿也许在家,也许不在家,即便只有一个人,这也是个美满的幸福家庭,因为另外两个人分别都被装在心里。

这是前年十月的事。他咳嗽好了以后依然常在路上,但已经养成了随身带药的习惯,为了在陌生人需要时能够及时地施以援手。他俨然成了资深驴友,当然是一个人,拉帮结伙的事他不干。有时候一个人躺在车上他会觉得荒唐,离婚之前让他出门毋宁死,现在只要有超过两天闲着,他就会给自己选择一个陌生的去处。为了能经常出差,他甚至跟领导要求换了一个工作。过去认为只有深居简出才能躲开喧嚣;现在发现,离原来的生活越远内心就越安宁,城市、人流、噪音、情感纠葛、玻璃反光和大气污染等等所有莫名其妙的东西,都像盔甲一样随着火车远去一片片剥落,走得越远身心越轻。朋友说,你该到火星上过,在那儿你会如愿以偿成为尘埃。他说,最好是空气。

开始他只想知道前妻为什么像不死鸟一样热衷于满天下跑,离了婚就一个人去了海拉尔。他强迫自己把这里的每一个地方都走遍。漫长的海拉尔一周。回家的那晚,火车穿行在夜间的大草原上,这节车厢里只有他一个人,他把窗户打开,大风长驱直入,两秒钟之内把他吹了个透。关上窗户坐下来把凉气一点点呼出来,他有身心透明之感,如同换了个人。他的压抑、积虑和负担突然间没了,层层叠叠淤积在他身体里的生活荡然无存。在路上如此美妙。他怀疑错怪了前妻,在火车上给她打电话:

"如果你还想去海拉尔,我陪你。"

"跟你这种无趣的人?"前妻听不到火车声,"拉倒吧。我还不如去蹦迪呢。"

他明白了,她要的是热闹,是对繁华和绚烂的轰轰烈烈的进入,而他想从里面抽身而出。在认识之前,他们就已经是一对敌人了。谁也不能未卜先知,那时候他们对所有差异、怪癖和困难都报以乐观,以为那是生活不凡的表征。好了,差异如果不能在相互理解中互补,那它只能是尖刀和匕首,一不小心就自己出鞘。

这座山城有个好听的名字,城市环山而建,长江从城市脚下流过。两年里再次经过这座城市,他想下车看看送他咳嗽药的人。去年他也经过一次,广播里说,一个半小时后到达那里。在这一个半小时里他给她打了五个电话,快到站时她才接电话:出门送孩子了,刚回来。她说她很忙,见面就免了吧。

"喝个茶的时间总有吧?"那时候他在电话里说。

"真没有,家里一团糟。"

"出事了？你老公呢？"

"没事,他很好。我是说,家里乱糟糟的。"

她把"一团糟"置换成"乱糟糟"。她的态度没有前两次好。两年里通过两次话,时间都不长,身体一不舒服他就想起这个送咳嗽药的女人。他不擅长东拉西扯,对方对东拉西扯似乎也没兴趣,只能寒暄几句,他坚持说感谢的话。通话中他了解到,她老公在第八个月就从看守所里出来了,案子跟他无关。他把衣服撩起来给老婆和亲戚朋友看,老子清清白白,还是弄了一身的伤,这他妈什么世道啊！但凭这一身伤他升了,从司机变成了副主任。那时候她的情绪不错,在电话里学老公如何炫耀伤口。

"半小时也不行？我顺道。"

"下午忙。我老公一会儿就回来。再见。"

"我没别的意思……"

她已经把电话挂了。车也到了站,他犹豫一下,还是没下车。

这一次他决定先下了车再说。车站不大,古旧的建筑和石头地面,实实在在的方块石头,踩着摸着让他觉得天下太平。长江在斜下方像一面曲折流淌的镜子,青山绿水千万人家。拨她的手机,被叫号码已停机。他愣了,在这个想象过很多次的山城里,突然发现自己与这个世界失去了联系,你是个陌生人。这些年旅行都散漫随意,来到这个城市不是,所以有点不知所措。他在车站广场的石头台阶上坐下来,抽了两根烟才定下神,然后拖着行李箱去找旅馆和饭店。

午觉半小时,在梦里想起她曾说过工作比较清闲,因为买书的人不多。他就去了新华书店。这个城市有三家像样的书店,问到第二家,果然是在那里做会计,不过已经是一年前的事了。

"你说她呀?"财务室里的一个五十岁左右的阿姨清冷地说,"早走了,航道处。谁愿意待这鬼单位。"

那阿姨对书店的前景很悲观,没几个人看书了。幸亏教材教辅还有学生买,要不就得下水喝长江了。她对她的调动充满艳羡,所以冷嘲热讽怎么都克制不住。航道处多好啊,谁让人家嫁了个好男人呢。

对,她嫁了个好男人。老公从司机变成领导,副主任也是个顶用的官,把她弄走啦。

5

航道处在隔两条街的一座小楼上。作为会计,当时她不在班上。财务重地,闲人免进。他只能在走廊里等,抽烟要去公用洗手间。坐在马桶盖上他努力想象两年后她会是什么模样,夹着烟的手指因此有点抖。也许应该早一点就来看她。山上的时间走得慢,即使这也是在城市里,他甚至感到了煎熬,每一口下得都很猛,烟吸得比过去快。从洗手间出来,他看见一个年轻时髦的女人从走廊拐角处走过来,拎着一个小坤包和一个时装袋,满楼道都是高跟皮鞋击打水磨石地面的声音。她的时髦近于妖娆,头发盘在脑后,因为浓妆和清瘦,脸显得极不真实。他不能肯定她是否瞥过自己一眼

就进了财务室,很快她又出来,站在门口看他,拎纸袋的右手向上抬了抬:

"是——你?"

他盯着她的脸看,终于从两只眼里找到两年前的那个女人。"是我。"他没来由地感到了悲伤,"路过,想来看看你。"

最后半小时的班可以不上。她带他去了十字路口处的水雾茶坊,在靠窗的位置,要了一壶明前的雀舌。

"为什么老盯着我看?"她问。

香水。粉底。口红。雕了花的指甲,那图案他后来咨询了女同事,叫踏雪寻梅。"有点不一样了。"他尽量让自己放松。

"怎么不一样?"

"看装束,你过得更好了。"

"看人呢?"

"说不好。"

"有什么说不好?"她笑笑,打开包要找东西。他及时地递上白沙烟。"我抽这个。"她拿出的是五毫克的中南海女士烟。

"你老公换牌子了?"

"他换牌子关我什么事?我只抽我喜欢的。"

"你们——算了,不多嘴了。"

"没什么,"她的表情很有点孤绝,眼神不经意间闪的光和两年前一样,"我们关系不好。"

怎么会呢?但他说:"偶尔会闹别扭,别放心上。"

她看着窗外抽烟,动作娴熟优雅。"还咳嗽?"

"偶尔。走到哪我都带药。"

有半分钟两人都不说话。他觉得男人应该主动打破僵局,刚想问孩子的情况,她的手机响了。她对着手机说:"有局?好,我也有。"一共六个字。

"你老公?"

"这一周他第七天不在家吃晚饭了。"

"做领导应酬多。男人不容易。"

"屁个不容易,"她说,"鬼混的借口!对不起。"她为自己的粗口道歉,她的嘴鼓起来,眼睛往虚空的深处看。这是女人要哭的前兆。眼泪终于没有掉下来。然后她突然就笑了,问,"觉得我变老了没有?"

她的笑轻佻而又悲凉。他不再有疑问,安慰她:"比两年前更年轻。"

"去年二十今年十八,也没用。男人变得永远比你快。"

她情绪开始激动,他知道她倾诉的欲望启动了。果然,生活出了问题。这是她没有料到的,丈夫从看守所里出来,整个人都变了。职务变了,成了个小领导,这是好事。变得爱说话,也不是大毛病,顶多是多念几次他在看守所的苦难经,多撩几次衣服让别人看看瘀血和伤口。最大的问题是,他总在想:他妈的,凭什么?他没往口袋里捞一分,没睡过任何一个别的女人,局长赴宴他都只能在旁边的小房间里随便吃几口。如此清白还是蹲了八个月,三天两头接受拷问,那些人高兴了抬手打,不高兴了用脚踢,他妈的凭什么?老子生下来不是为了看人脸色给人打的。凭什么啊?他想不通。他跟劝他的亲友说,要是你整天平白无故鼻青脸肿的,你也想不通。幸好我出来了,要是被冤到底,这辈子没准就耗在里面了。局长死刑,副局长死缓,随便捡出一条过硬的证据,他就不会有好日子过。所以他出了看守所大门就想,从今以后的每一天都是赚来的,咱得好好过。可着劲儿折腾,你们不是都说享受生活吗,老子也来,能风光不风光我凭什么啊?人生苦短,鬼门关我都转了一圈。

作为八个月的补偿,他升了,副主任看上去不大,但管的部门要紧,正主任一年病休要达十个月,他算个实权人物,干什么都便利。先把老婆从书店弄到航道处,她挺高兴,高兴劲儿没过脸就拉下来了。副主任吃喝是小节,关键是裤带松了,外头开始有人,比她年轻漂亮。被发现后,他供认不讳,玩玩而已,他不会当真,希望老婆也别当真,就当自己老公下半身临时借别人用一下。他改。这也是诡异的逻辑,她不能理解。副主任就解释,一是工作需要,二是八个月的补偿,一想到曾经命悬一线,他就忍不住每天都当世界末日来过。一说起八个月,他就声嘶力竭苦大仇深,摔杯子时眼里都能淌出泪来。你不知道我是怎么熬过来的,一日长于百年。你永远都不会知道。

改了两三次也没改好。再发现,他居然理直气壮,不就玩玩嘛,又不是跟她们结婚生孩子,着什么急。

"后来呢?"

"他竟然说,我是嫉妒那些女人年轻。你说,我很老吗?"

她不老,不过洗尽脂粉后脸会显得空,因为已经六神无主。他能理解副主任人生观的巨变。这种事很通俗,甚至很恶俗,但巨大的幻灭感的确会让人穷凶极恶;他不喜欢的是,副主任的自恋过了头,她可是每个月都在看守所外面转圈子的。"难道他当时就没感应到?"

她的笑已经接近哭了。"那又怎么样?此一时彼一时。"

"他还——在乎你吗?"

"也许吧。他说他在乎,他只是想用这些填满八个月的恐惧。"

她的善解人意让他吃惊。三年前在餐车里她就说过,二十三岁嫁给那个男人,就算山洪暴发,他们也会抱在一起死。她坚持着二十三岁的信念,现在城市坚固,风调雨顺山洪永不可能发作,副主任有了现在的世界末日般的别样的信念。他只好帮她点上一根烟,说:"我也不知道你该怎么办。"

从水雾茶坊往外看,马路宽阔,行人和车辆稀疏,植物丰肥茂盛,这里一定是个过安宁日子的好地方。然后他们在茶坊隔壁的饭馆一起吃了晚饭,主菜是当地特色的长江鱼,味道之好,只有他回忆中的故乡长河里的鱼才能媲美。喝了当地的白酒,牌子一般,口感很好,他只想尝尝,喝着喝着就多了。她也喝,像两年前抽烟一样生硬,她把喝酒当成了复仇。因为喝酒出了汗,妆有点散,但酒上了脸,把散掉的妆又补上了,比之前更好看。如果再丰满一点,她就跟餐车上的女人一模一样了。只是她自己并不清楚,她以为自己已经老了,需要各种时髦的衣物、昂贵的化妆品和加倍的风情借以回到过去,回到爱情完满的幸福生活里去。长江鱼和酒让他难受,心里比寻而不遇还要空荡,空空荡荡。他只好继续喝酒吃鱼。

她送他回旅馆,晚上十点马路上已经空寂多时。他要自己回去,她坚持要送,难得有人还惦记自己,反正孩子在姥姥家,回去也是一个人。她挽着他,两个人摇摇晃晃贴着路左边走。她说我给你唱个歌吧。词曲他都陌生,唱完了她说,那时候他们晚上散步常唱这歌,男女二重唱。他就说,多好听的歌,可惜只能你一个人唱。然后迷迷糊糊听见她的哭声。

她以为他喝多了,让他躺下歇着,他坚持要坐着。"见一面不容易,"他说,"我要多看看你。"

"你喝高了。我有那么好看吗?"

"没高。你比好看还好看。"

她在对面床上坐下来,表情如同致哀。她从纸袋里拿出一个精致的纸盒子,说:"猜猜这是什么?"

"不知道。"

"仙黛尔内衣。要不要穿给你看看?"

他看着她站起来,打开包装,先把内衣按部位和比例摆在床上,形如一个女人。摆完后,开始解盘在脑后的长头发,披肩,褐黄,转身时呈现侧面的轮廓,颧骨高出来,弧度有了变化。他觉得面前站着的是另外一个陌生女人。

"男人都喜欢看女人穿性感内衣吗?"她问,开始脱外套。

他制止了她脱外套的手。"你喝高了。"

"没高。"

"高了。"

她甩开他的手,说:"你来难道不是为了这个?"

他不说话,站起来把仙黛尔内衣装进纸盒再放进纸袋。他想,我他妈不是圣人,可是我现在很难过。仙黛尔让他备感哀伤,所有的事情都不是他想象的样子,此刻他们的生活如此复杂。他又重复一遍:"真高了。"

她一屁股坐在床上,仿佛真喝高了。"你来就是为了说我喝高了?"

"我来是顺道看看你,"他说,"明天一早就走。习惯了,这些年我一直在路上。"

2009-8-26,知春里

忆 秦 娥

1

看望七奶奶之前,我犹豫了很长时间。想着要见一个老得不像样的老太婆,心里就升起无名的恐惧。七奶奶太老了,她自己都不知道自己到底活了多少年。祖母说七奶奶活得都不像人了,整天待在她的黄泥屋里,这样的房子在海陵镇是绝无仅有的。更可怕的是,小屋里还停放着一口女儿为她准备的棺材,已经放了二十年了。二十年前她得了一场大病,后事都筹划齐全,她又顽强地从病床上爬了起来,从此没病没灾地活到现在。七奶奶当年躺在床上就一个劲地唠叨,说她不能死,不能死。周围的人就不明白了,一个已经七老八十的人为什么不能死。这个问题时间长了就被人忘掉了,同时被忽略的是,一个早就该死的老太婆又活了二十年,那口棺材可以证明。二十年何其漫长,因此,当邻居们偶尔想起七奶奶,总会异常烦躁,生命在七奶奶那里被无限地拉长了,像弹性优异的橡皮筋,死亡对一个人来说竟遥遥无期。由此人们产生一个想法:生活漫无尽头,实在不值得只争朝夕。老人们发愁了,什么时候才能活到死啊?在这二十年里,我的故乡发生了翻天覆地的变化,楼房像麦子一样遍地长起来,人丁兴旺,夜间大街上也人来人往。所有迹象都表明,二十年前那个月亮一升起来就成了哑巴的海陵镇消亡了。但是,就像生命在七奶奶那里停滞不前一样,历史被七奶奶保存下来了,浓缩在她的小院子里。那里的人和事几乎都是二十年前,比如那口棺材。如果在闹市里突然遇到一个明朝的书生,你大概会兴奋和新奇,但若是在明亮的世界里进入一间盛放垂死的老人和待用的棺材的阴暗小屋,怕只有不寒而栗了。

我犹豫的另一个原因,是我对七奶奶相当陌生了。算起来有十几年没见过七奶奶了。那时候还流行新年行磕头礼的拜年方式,即见到长辈老远就跪下,祝老人家新年吉祥,长命百岁。大年初一大清早我就被祖父赶出被窝,让我去给长辈们拜年。鞭炮声声不断,整个海陵镇都笼罩在硫黄和火药的味道中。我迷迷糊糊地转了整个村镇,见到长辈立刻扑倒,一圈下来也收获了不少压岁钱和好吃的东西。最后一位长辈是七奶奶,她离我家最近,所以总是殿后。当时我还没有真正见过故乡之外的花花世界,她的小屋对我并不显得可怕。七奶奶早早打开房门迎候朝拜,自己则舒舒服服地坐在热被窝里,床头柜上摆满了一堆糖果。七奶奶的门槛高得出奇,屋子里又暗,我好几次都因被门槛绊倒而直接跪到她老人家的床前,七奶奶就说,好孙子真孝顺,一声不吭就先跪下了,来来,吃糖。七奶奶的老态让我失望至极,别人都说她年轻时美貌如花,是海陵难得一见的美女。但我看到的只是一个脸上堆满至少五百道皱纹的老太婆,声音沙哑苍老,毫无美感。我没吃她的糖果,而是伤心地转身而去,仍是一声不吭。小屋里的棺材当然没看见。若是看到了,我大概只敢在门槛外面随便地跪下,意思一下就算了。现在七奶奶显然也不认识我了,我出门在外已经十多年。祖母说,七奶奶只认识几个常到她的小屋里去的人,她的女儿、女婿、几个外孙,还有我祖母。

鉴于以上原因,我犹豫不决。父亲坚持让我去,他认为,我难得回来过一次春节,徐家的老香灰所剩无几,已经到了看一个少一个的景况了。没办法,我只好答应。我拎着买好的一大包礼品在家里兜圈子,央求祖母陪我一块儿去。祖母想了想就答应了,她担心七奶奶把礼品享用完了还不知道是谁送的。

2

事实完全印证了我的想象。七奶奶的院子夹在两边的平楼和瓦房之间,院子用不足半人高的泥墙围成,推开一扇老朽的篱笆门就可以进去。七奶奶坐在小屋里的门槛边,那里上午十点的阳光充足。七奶奶低着头,缩成极小的一团,苦蓝的头巾和衣服,像条狗。我走在前头,不到门前就大声为自己壮胆,我说,七奶奶,我给您拜年来啦!七奶奶像做梦似的抬起头,阳光让她睁不开眼。我看到七奶奶比拳头稍大的小脸,青紫色的皮肤和皱纹,茫然地对我抖动紫中泛黑的嘴唇,说不出话来。她不认识我,双手依然插在棉衣袖里,像个好奇又委屈的孩子。我告诉她我是海鹏,她的孙子。她重复了几遍我的名字,噢了一声,说乖乖孩子,进屋呀。我低下头从她低矮的房门进去,在一张高一点的凳子上坐下。祖母也到了,坐在她旁边的地铺上。祖母问她,知不知道我是谁,七奶奶摇摇头,尴尬地笑笑,她其实并不认识我。

看望的过程简单又漫长。祖母花了十几分钟向她解释我是谁,从哪里来,过了年还要到哪里去。我也不得不重复小时候给她老人家拜年的情景,试图让她记起若干年前那个常被门槛绊倒的小孩。我必须和她说点什么,一来这是晚辈探望长辈必需的程序,二来我的左手被她紧紧地抓住。她老人家耳朵有点背,我要像演讲一样把同一句话重复三遍。七奶奶若有所思地看着我,嘴在哆嗦,不知她是否听见了,是否记起了那个跌跪在她床前的孩子。后来她慢腾腾地说,乖乖儿,都不认识了。在此之前她一度把我看作是我父亲。她对我父亲还有印象,而对我,她老人家的记忆却视而不见。

七奶奶的屋子里原来是有一张古老的木板床的,她的女儿,即我的姑妈蓝儿,担心母亲从床上摔下来,便把她转移到地上,被褥下面是厚厚的麦秸和稻草。她和祖母就坐在地铺上,左手抓着祖母的手。她们说话很少,大部分时间都是执手相看。这种交流我插不上话,因此得以从容地干点别的事。我本想把礼品放到床边的桌子上,但桌子上积累了一层尘土,显然很久没用过了,我只好放到一把破旧的椅子上。椅子上堆着两个没洗的白瓷碗,粘着米粒和其他分辨不出的食物渣。祖母告诉我,七奶奶现在不能做饭,女儿每天从家里送两次饭过来,放下饭菜就走了,所以七奶奶只好冷也吃热也吃,而多数是冷的,因为蓝儿姑妈家离这里步行要十五分钟，从不使用保温壶。然后我就看到了那口触目惊心的棺材，黑黝黝地伏在房间的东南角，像一头高深莫测的巨兽。那该是一头疲惫的巨兽了，二十年的等待让它失去了耐心，才如此平静地陪着七奶奶一同打发着时光。七奶奶问我祖母，今天是几号，过了年没有？祖母小声对我说，都过到什么份上了，连点时间概念都没有了。祖母的说法使我茅塞顿开，刚进来时我就感觉到了一种近乎凝滞不动的东西。这里有经久不散的淡淡的异味，看到棺材时我立刻想到了腐尸味，但是七奶奶还活着，而且还抓着我的手，一种难言的东西顺着她粗大的指关节爬上我的胳膊，像一件水做的衣服披到了我的身上。我费尽心思才抽出手。尘土飘浮在太阳的光柱里，也呈静止状态。整个屋子里的几种用具也老迈不堪，覆满尘土。它们静止不动，连同老而不死的七奶奶，都因为时间的车轮在这里停下了，因为静止而呈现出死亡之态，而这静止恰恰又隐藏着秘密的活的流程，它让七奶奶不知今昔何夕地活着，以致对她来说，生命成了不具任何意义的活着的必然结果。这一想法让我倍感悲哀，一个人竟至活到了如此地步。

在我胡思乱想的时候，祖母和七奶奶说起了最近的几桩丧事。七奶奶显然对这些并不了解，她已经很多年没碰过那扇篱笆门了，这从门前的稻草可以看出。上午她坐在西边门前，下午就转移到东边的门前，以便一整天都能晒到太阳，那些稻草已经被她坐绒了。七奶奶对死亡似乎也不关心，只是静静地听。后面的六豁老太死了，三天后才被发现。南头的令珍二姑也死了，那可是个好人，平时还能掐能算，给人看个病喊个魂什么的,竟算不出自己的死期,很不体面地死在马桶上。隔一条巷子的洪根,前几年在夜路上遇到了鬼打墙,三绕两绕绕不开,急死了左手,就十天前吧,跟老婆吵架,把手给气活了,人却头一歪死了,才四十出头,正是置办家业的好时候。卖烧饼的跃进媳妇,正烤着烧饼,男人还站在身边,竟眼睁睁地看着她一头钻进烧饼炉里,拽出来,头发脸都烧焦了,人也死了,她为了要儿子拼命生,一口气生了四个丫头,第五个是儿子,还没断奶呀。还有老光棍酒鬼汝方,躺在床上稀里糊涂地对干儿子说,怕是熬不住了,然后喊了几声陌生女人的名字就死了,前天晚上还喝了半斤酒,清醒得很,一觉醒来就糊涂地归了西。

祖母的讲述远比我的叙述要详细。大概是过多的死亡终于惊动了七奶奶,当祖母说到汝方时,七奶奶猛地抬起了头,陷在皱纹里的眼睛立刻放出光来,谁?七奶奶问。祖母重复了汝方的名字。七奶奶也跟着生硬地重复了两遍,然后问祖母,汝方临死前说了什么。祖母说,就是些糊涂话呗,喊了几声女人的名字,像是"秦娥"什么的。我看到七奶奶瘦小的身子在温暖的阳光里抖起来,两眼发直,嘴唇哆嗦得更厉害了,像是突然得了疟疾,仿佛一堵破败的土墙一点点地坍塌,缓缓地倒在了地铺上。祖母当时也慌了,不停地喊着七嫂七嫂,让我赶快去找医生。

3

在我故乡海陵,徐姓是第一大姓。据说先祖兄弟二人逃难来到这里,从此生根繁衍,像树木一样枝杈扩张,几百年下来成了海陵的旺族。七奶奶的丈夫和我祖父是堂兄弟,因为排行老七,人称徐七,真名倒渐渐被人忘了。我祖父这样年纪的老人都知道徐七,从小就跟随父亲出门做海货生意。十八岁时,父亲在山东烟台得了伤寒,客死异乡,徐七抱着一堆银圆和父亲的骨灰回到海陵。他为父亲操办了一场体面的葬礼,守孝三年后才娶老婆,也就是七奶奶。

徐七的婚事惊动了整个海陵镇。之前人们只知道徐七跟随父亲在外做生意赚了不少钱,但绝对想不到有那么多。父亲的葬礼已是海陵少见的体面,婚事更是屈指可数的铺张,而且娶的是大秦镇上的头号美女。大秦与海陵接壤,多年来不断联姻,据说当年大秦的媳妇大多姓徐,而海陵的媳妇又多姓秦。遗憾的是,随着老人们一茬茬地死去,嫁进嫁出的媳妇的名字都没人知道了,因为那时候的媳妇在娘家做姑娘时,都只是花呀朵呀草呀地随便称谓,作不得婚后的名字。直到我祖母这个年龄的老人还是如此,祖母现用的名字是嫁过来之后祖父给她取的。成了别人老婆后,转随夫姓,比如七奶奶,海陵人称她为徐秦氏。因此可以这么说,徐秦氏在嫁到海陵的那天是极其风光的。

五更天鞭炮响起。婚礼的各种准备都已就绪,车夫、伙计、伴娘、厨师,近五十人开始奔忙。五辆牛车从徐七的大门依次驶出,健硕的黄牛角上拴着巨大的红彩球。迎接新娘的车上搭了棚屋,红绸缎裹住全身,车下垂挂着长长的流苏,在海陵镇的石板路上一路华美地摇摆而去。大约中午时分,周围的邻居被又一阵连绵不绝的鞭炮声吸引,挤满了徐七家的那条巷子。人们争相传说,大秦镇的美女到了。他们看到五辆牛车停在徐七家的门楼下面,第一辆牛车坐着羞花闭月的新娘,第二辆坐满了秦家的亲朋好友,后面的三辆车则装满了花花绿绿的嫁妆,当然都是徐七派人提前送过去的。听祖母说,那天徐七还闹了个笑话,他匆忙之间把绿被子抱了出来。按照海陵的风俗,新娘子下车之前,要用大红缎子被换下车上的红布门帘,然后掀开垂挂的被子请新娘下车。徐七显然是太兴奋了,抱一床绿缎被子就跑出来了。二十一岁的徐七直奔新娘的牛车,换了门帘之后才有人告诉他搞错了。他想换一床红被子,但是新娘原谅了他,从掀起的绿被子下走出了棚屋。七奶奶的美貌引起了观众的一片唏嘘。

徐七的婚后生活应该是相当美满的,人们常看到小脚的七奶奶挽着他的胳膊在八条水的堤坝上散步,黄昏的温馨光影异常迷人,很多人在他们之后也来到坝子上乘凉,实际上是羡慕他们的幸福生活。这种悠闲的散步生活持续了半年,用现代词汇来说,他们的蜜月历时半年。半年之后,徐七一个人骑着毛驴出了海陵。几天后又神采飞扬地回来了。从那时候起,徐七家里做起了挂面生意,一直到四年后徐七喝酒醉死。徐七从外面的世界了解到消息,精致的挂面销路很好。他在一个叫青口的地方买下了一架挂面机,装在雇的马车上运回家来。那是海陵镇的第一架挂面机。后来很多人到徐七家参观,他们发现这台庞大的机器操作起来并不是想象中的那样困难,和好面倒进一个巨大的漏斗之后,从机器的另一边就丝缕不绝地吐出了一匹匹挂面。他们当然看不懂其中的奥秘,只能听到机器的肚子里有个什么东西在轰隆隆地转动,就是那个转动的东西把面团转成了挂面,像一把分寸感极好的菜刀。机器当然不是随随便便就能转起来的,他们看到徐七的侄子汝方扶着机器的两只木头把手,脚下不停地踩动翻转的轮子,像在踩一架水车。是汝方的脚在操纵那把切面的刀。

4

关于徐七的侄子汝方,应该加以详细说明。据海陵人的传说,徐七的死和他有关,徐七是和他爷儿俩喝多了才醉死的。徐七排行是老七,但只有一个哥哥,就是大哥徐大。二哥到六哥都短命,不是刚出生就夭折,就是五六岁时得天花不治而亡。祖母常和我说起那时的艰苦生活,孩子有病没钱医治,总是求神信鬼,或是吃香灰,无一例外的是,稍有重病的孩子都夭亡了。就连医生吕子良自己,最后也因病无药医治而英年早逝。徐七的母亲生下徐七时已经五十岁了,为了把这个孩子养活,她逼徐七的父亲出去做生意挣钱。由此可以说,海陵镇的小商人徐七的父亲是被逼出来的。当初徐七父亲所以把年幼的徐七带出去做生意,是因为徐大生性老实忠厚,不是做生意的材料。但徐大是个好兄长和好儿子。父亲和弟弟在外头做生意,他就在家里伺候老母和侍弄几亩薄田,一门心思为这个家谋划。父母去世之后,徐七只剩下比他大近三十岁的哥哥,徐大长兄如父,在生活的各个方面都格外关照弟弟,徐七和徐秦氏的婚事就是他请人说的媒。徐七明白事理,理所当然要帮一把自己的亲哥哥,所以他见挂面生意人手不够,就和大哥商量,把无所事事的侄子汝方招了过来。当时汝方十八九岁,长得刚健威猛,有着用不完的力气。汝方继承了父亲的品性,勤快卖力,对叔婶也格外亲热,很得徐七夫妇的喜欢。

我从没见过徐大和徐七,但我见过汝方。那时候他已经老了,头发胡子都白了,眉毛却浓黑粗大,尽管是个酒鬼但为人和善,尤其是对小孩。我小的时候去曹三的小店给祖父打酒,常会看到他。宽大的身板坐在商店柜台下的长条凳子上,喝得满面红光。他习惯用小白瓷碗喝酒,一碗二两,一次两碗,心情好了就三碗或者四碗。很多人对他的喝法不屑,认为是脏喝,因为他从不置下酒菜,而是用几个朝天椒蘸盐佐酒,喝过酒吃过辣椒都要长长地嘶嘶几声,满足地抹一把胡子和嘴。他甚至只用一颗盐粒就送下肚一斤粮食白酒。汝方说话很少,都是安静地喝自己的酒,和别人说话总像被审。辣椒掉到地上的那回,我顺手抓了他的眉毛,当时他正弯腰去捡,头低到我面前。我问他为什么只有眉毛是黑的,他哈哈地笑起来,说是喝酒喝的。

离开家乡之后,我就很少见到酒鬼汝方了。偶尔见到的只是他的越发老迈不堪的背影,左手一支老烟袋,右手一个小酒壶,晃晃悠悠地从巷子角经过,整天一副蒙眬的醉态。人们都说,幸好他有一个孝顺的义子供他酒喝,否则早就被酒馋死了。他的义子叫新生,我叫他新生哥,常到我家和我父亲聊天。他一直感激汝方当年收留了他,那会儿他只有七八岁,流浪乞讨到了海陵镇,因为偷了汝方的酒壶才和汝方结下关系。祖母常感叹,她说汝方若不是收留了新生,一个老光棍怕是死都没处死了,好人有好报啊。汝方死后,我向新生哥了解有关情况,主要是对他临死前喊的名字感兴趣。

新生哥对我说,前一天晚上他还和义父一起喝酒的。汝方状态很不错,父子俩推杯换盏喝下了一瓶高沟酒,那是新生的女婿前些日子刚送过来的。喝酒的时候,汝方前所未有地怀了一回旧。由于话题是由孙女和孙女婿的幸福生活而起,新生就没多留意。汝方向义子历数了一生平凡而又艰难的经历,尤其是他在七叔家做挂面的那几年。他对当时的琐碎细节都能惊人地描述出来,还用筷子在饭桌上画了一架久已失传的脚踏挂面机。他回忆了七叔七婶对他的诸多关怀和好处,然后自然而然地悲伤起来。这段生活新生早有耳闻,海陵人一直都认为徐七之死和汝方有关,而汝方显然对此抱有深刻的悔恨和自责,所以新生找了个借口把这一段带过去了,以免引起义父的更大伤悲。新生哥对我说,他实在没能领会义父的用意,一直以为他在忆苦思甜。喝过酒后,新生给义父打来洗脚水就回自己的房间了,义父的身体硬朗,能自己照顾自己。

第二天阳光灿烂,是腊月里少有的好天气。上午九点钟时新生接到女儿打来的电话,让他给祖父晒晒被子,他才想到起床以来就没见到义父,义父一向习惯早睡早起。他推开义父的房门,听到汝方在床上语焉不详地说话,好像被病痛折磨似的痛苦不堪。他抓住汝方的手,吓坏了,义父双手滚烫,面色紫红。他问义父出了什么事。汝方艰难地睁开眼,断断续续地说,怕是熬不住了,他还是放心不下。类似的话重复了三遍,突然身子向上一挺,喊了几声"秦娥""秦娥"就不动了。

凭直觉新生认为,义父临死前叫的是一个女人的名字,但是这个名字太陌生了,如果一一去核查,那将是一项浩大的工程,海陵镇上的秦姓女人太多了。而且新生猜测,这个女人一定是和义父年龄相仿,这在海陵乃至大秦镇都是十分罕见的,活到汝方这个岁数的老人不多。新生就这个问题征求了我祖父的意见,祖父认为,汝方一生都让人难以捉摸,比如他为什么不结婚,为什么嗜酒如命,是否有过爱情的伤痛,他本人不开口别人就无法知道。他至死都不透露一点,说明他不愿让人知道,既然这样,就让他把这些秘密带进棺材里吧。

5

两年后徐七的挂面生意开始衰落。战争像个巨大的火球滚到了海陵镇,连同周围几个村镇一时人心惶惶。加上那几年庄稼歉收,挂面成了奢侈的食品,因昂贵而无人问津。徐七在刚听到枪声时就预见到了这一天,他知道不能再守着一部挂面机生活了,他必须骑上毛驴重操旧业,到外边太平的地方赚大钱。但那时七奶奶有了身孕,他放心不下,一直守在她身边,直到生下了唯一的孩子,也就是我姑妈蓝儿。蓝儿姑妈满月那天,徐七宴请的客人都感觉到了今不如昔。排场的大小姑且不论,就是主人的笑容也不像结婚时那么理直气壮了,他的笑显得空洞,有方向不明的小风在里头吹来吹去。蓝儿满月后的第三天,徐七就牵着他的小毛驴出发了,肩上挂着先前做生意用的体面的褡裢。汝方和抱着蓝儿姑妈的七奶奶一直把他送到八条水的坝上。七奶奶一路啼哭,蓝儿姑妈也跟着叫唤。徐七是见过世面的人,他安慰了一下妻女就把汝方拉到了一边,嘱咐汝方一定要照顾好婶婶娘儿俩和惨淡的挂面生意,他说不定什么时候回来。现在世道混乱,人心叵测,他和大哥商量过了,让汝方搬过来住,家里总得有个男人壮壮胆量,希望汝方不要辜负七叔,让他回来后仍能看到一个完好无损的家。汝方真诚地请七叔放心,他会像对待亲娘一样照顾婶娘,像疼爱亲妹妹一样保护蓝儿的。徐七这才如释重负地跨上了小毛驴。

据老人们回忆,徐七出门的那几年日本鬼子打进来了,整个海陵成了空前的乱世。乱世盗贼丛生,偷鸡摸狗,拦路抢劫,半夜绑架拉财神的风起云涌。人们既要担心缸里仅存的一把小米和那只早就无蛋可生的老母鸡,又要为自己的生命发愁,每天早上醒来做的第一件事是摸摸自己的人头是否还在脖子上。日本鬼子像一群羊癫风患者,想起来了就骑着蹄大如锅的战马冲进镇里,抱着机枪哇啦哇啦地烧杀抢掠。稍有姿色的女人只好用锅灰涂面,让自己变得丑陋不堪来逃脱鬼子的魔爪。这种大背景下七奶奶的生活之动荡不安可想而知,她是耗费锅灰最多的女人。挂面生意也不得不断断续续,那架机器也要东躲西藏,以免毁在日本鬼子的东洋刀下。多亏了有汝方保护,他像一尊怒目金刚代替七叔支撑这个家,成了七奶奶生活的主心骨。

因为战乱和繁忙的生意,徐七一年只能抽空回一两趟海陵。他对家庭的现状比较满意,妻子毫发无损,还是那么温柔美丽,女儿健康成长,见到他就抱住膝盖亲热地叫爹,而侄子汝方,明显地成熟很多,双手粗糙,眉目沉稳,动荡的生活和重大的责任把他培养成了一个真正的男子汉。徐七深为侄子的忠诚和踏实感动,每次回来都让七奶奶做上几个拿手的好菜,与汝方边喝边聊。他对汝方放心。也许是徐七有着巨大的生意上的野心,或者是其他原因,总是行色匆匆,他在家里住上三五天,匆忙地看望和安慰一下妻女就骑上毛驴出门了。至于他的生意做得如何,没人知道,临走时他会留下数额不小的钱财供家中花销。然后人们就看到又一次八条水坝上的送别,七奶奶哭,蓝儿也哭,抱着父亲的腿不肯撒手,但是四海为家的徐七神色泰然,嘱咐过侄子汝方之后就上了驴背。

　　徐七醉死在出门之后的第四年。当时日本鬼子逐渐从海陵镇撤出,海陵人像做了一个噩梦,一觉醒来就天下太平了。这一次徐七离家时间最长,差不多十一个月才回家。他的归来再次惊动了街坊四邻。中午时分,在八条水坝上玩耍的孩子跑回来报告说,徐七带着五辆牛车回来了。人们对此持怀疑态度,徐七回家是可能的,他要五辆牛车干什么?一杯茶的工夫他们就发现自己的怀疑毫无道理,骑驴的徐七身后的确浩浩荡荡地跟随着五辆牛车。车上装满了家具和箱笼布匹之类的东西,若是披上红绸流苏,俨然是一支送亲的队伍。尽管人们不明白他要干什么,但是徐七发了这一点是显而易见的。徐七过了桥就从驴背上下来,见到乡亲们逐个打招呼,他的笑又充实了,是那种财大气粗的笑,刚刚修剪过的小胡子随之欢快地抖动。徐七又一次发了,他的生意真的做大了。

但是他的回答出人意料,他说不想干了,这些年东奔西跑,过的是忐忑不安的生活,现在想赋闲在家,过几天安宁舒适的日子。不就是钱吗?他说得风轻云淡,像在和邻居们拉家常,哪有守着老婆孩子热炕头踏实。关于牛车上的布匹用具,徐七的解释赢得了众人的无比尊重。这也是徐七死后,人们对汝方非议颇多的重要原因。徐七在指挥车夫卸下物品时说,这些都是给侄子汝方娶媳妇准备的,这孩子几年里帮了他大忙了,他要给他娶一个漂亮媳妇,办一个体面的婚礼。当时汝方尴尬地站在七叔身边,满面通红,不停地搓着自己的双手。他的窘态让众多年轻人羡慕不已,他显然在为未来的美好生活激动不已。七奶奶领着蓝儿站在门楼底下,一边看着车夫们出出进进,一边和邻居们有一句没一句地说着闲话。她大概因为专注于设计丈夫回来后的生活而有点心不在焉。

登门贺喜的亲朋好友散尽之后,天已经黑透了,汝方端着风灯关上了徐七家的大门。门里面的事大家不得而知,只是在事后根据点滴的耳闻目睹以及主观的推理和猜测,一点一点地连缀出了事情的简单过程。据说,七奶奶做了一顿丰盛的菜肴来给丈夫接风。徐七因为放松而高兴异常,放开肚皮和侄儿汝方喝酒。汝方的酒量非同小可,我祖父一直是他的手下败将,祖父说,最多一次汝方喝过两斤白酒,吓死人了。他们斗酒的同时商讨了汝方的婚事,徐七打算尽快把事办了,也好给汝方轻松一下,这几年把他累坏了。汝方似乎并不急着结婚,他想再停一停,等他想好了将来的路怎么走再成家。他们爷儿俩慢悠悠地边喝边聊,七奶奶熬不住了,先带蓝儿回房休息了。据赌鬼白皮后来回忆,那天半夜他才从赌桌上下来,经过徐七家的房子后头时,听到好像有人吵架,他想一定是徐七和汝方两人酒喝高了,嗓门也跟着上去了,就没多停留,而是不无嫉妒地回家睡觉了。

第二天一早,海陵镇争相传送一条惊人的消息,刚刚回家的富商徐七死在了自家的饭桌上。传说的内容出入不大,大致内容是:徐秦氏,也就是我七奶奶早上醒来,发现丈夫竟一夜都没上床。她穿好衣服喊了几声也不见回音,心里就纳闷,一大早他能到哪里去了呢?她下意识地想到厨房隔壁的饭厅,推开门惊呆了,餐桌上杯盘狼藉,酒坛子翻了,白酒流淌一地,几根筷子和两个碟子泡在酒里。徐七和汝方面对面趴在桌子上睡着了。但她只听见汝方一个人的呼噜声,一个可怕的想法出现了,因为徐七睡着时也是鼾声不断的。她摇摇丈夫的肩膀叫了几声,毫无动静,倒是把汝方给惊醒了。汝方迷迷糊糊地问,婶,婶儿,天亮了?然后看到了伏在他对面的七叔。徐秦氏这时已经哭声乍起,她的手指僵硬地放在丈夫的鼻子前。没气了。

徐七的葬礼和他父亲的一样奢华体面。整个过程由汝方操持,他为七叔请来了方圆二百里内最好的四套响器班子,其中包括只会出现在达官和财主家中的小头班子。班主外号小头,是我故乡当年最叫得响的民间异人,可以同时吹奏八种乐器,很多老人都为无法请到小头为自己送行而死不瞑目。按照故乡的风俗,死者要由其长子长孙领棺,但徐七只有一个幼小的女儿,事情就有点麻烦。但送葬的那天人们看到,汝方披麻戴孝,悲伤至极,扶着七叔的松木棺材一步一步地送到了坟地。几天来他目光迷茫,不吃不喝不睡不说,整个人瘦了两圈。七奶奶也同样如此,因不堪亡夫之痛而卧床不起。

葬礼过后人们就回过神了,各种关于徐七死因的猜测层出不穷,无一例外都与汝方有关,他似乎成了杀害七叔的凶手。但作为当事人的徐秦氏没有发表任何类似的言论,其他人只能在暗地里揣测。猜测主要有三种:一是汝方见财起意,暗中在酒里下药毒死了七叔。二是汝方心怀叵测,拼命劝酒,致使徐七醉酒身亡,同时自己也制造了醉酒的假象。第三种是综合了赌鬼白皮提供的信息,认为一定是汝方干了什么对不起七叔的事,比如对婶娘图谋不轨,比如私自贪污七叔钱财,等等,引起徐七的悲愤,以致喝酒过量,活活醉死。第三种说法相对更为合理,也更具说服力。可是事实又让传说者无法解释。徐七入土的当天下午,汝方就把自己的铺盖抱出了徐七家的大门,形容枯槁,衣衫单薄,因为不胜悲痛而步履蹒跚,绝对不像身有长物和阴谋得逞的模样。身后的大门是徐秦氏亲手关上的。而且,从此以后,几十年下来,汝方再也没有进过徐七家的大门,徐秦氏也没有再为他开过一次门。

6

七奶奶倒下后,我以百米冲刺的速度奔向诊所。路上有人问我干什么这么急,是不是去救火,我连他是谁都没看清楚就回答说,比救火还急。值班的医生坐在椅子上看一张发黄的旧报纸,听完我说明来意,拎起药箱就出了门,跑了老远才想起眼镜没戴。我让他先跑,我折回去拿了眼镜追上去给他戴上。医生建议我去找蓝儿姑妈,意思是出了事也好说清楚。我又马不停蹄地奔向蓝儿姑妈家,她正在院子里给一群白兔喂食。我抓起她的胳膊就往外拉,我说,快,快,七奶奶出事了!我和蓝儿姑妈赶到时,医生已经从篱笆门里出来了。蓝儿姑妈一把抓住医生的手,问他七奶奶能死吗?医生摇摇头,说不能,七奶奶只是受到了刺激,平静下来就没问题了。医生的诊断结果让蓝儿姑妈大失所望,她更希望七奶奶能够痛痛快快地死去。祖母曾经告诉我,蓝儿姑妈有一次和她说过,她说七奶奶现在活得都不像个人了,还不如死掉了让人省心。现在祖母还坐在七奶奶的地铺上安慰她,蓝儿姑妈也进屋了,我则在院子里的一盘旧石磨上坐下,觉得事情实在有些滑稽,我这是来看望老人呢还是来催命?

七奶奶很快平静下来,而且精神状态前所未有地好,简直称得上是精神矍铄。她一骨碌从地铺上坐起,抓住我祖母的手说,蓝儿她婶婶,别担心,你和孙子回去吧,都九十多岁的人了,成废物了,也该死了,她婶婶,我真是想死了,没什么牵挂啦。我祖母劝她,活一天是一天,不许轻易说一个死字。七奶奶从容地笑了,摆摆手让我们离开,她想在阳光里躺一会儿。

回到家我和祖父他们简单地讲述了看望的经过,讲过了也就把它放下,去干别的事了。大约是下午五点钟的时候,太阳不强不弱,我正坐在院子里翻看家谱的打印稿,祖父让我在春节前后重新校对一遍。蓝儿姑妈哭哭啼啼地闯进我家,对祖父和祖母说,七奶奶去了。我从藤椅上跳了起来,上午不是还好好的吗?可是现在就去了,就两三分钟前。蓝儿姑妈又重复了一遍,她的啼哭不乏悲伤,但更多的是解脱和如释重负。她站在我家院子里向祖父和祖母详细地说起了七奶奶的死。

蓝儿姑妈每天都在下午四点左右给七奶奶送晚饭。上午七奶奶精神突然好转,蓝儿姑妈想七奶奶晚饭的胃口一定好过往日,因此多做了一个菜,把送饭时间给推迟了。她拎着竹篮来到七奶奶的小屋,发现人不见了,她想大概是去厕所了,但那儿也没有。正在疑惑,蓝儿姑妈听到七奶奶在叫她。蓝儿,蓝儿,七奶奶说。声音微弱,辨不清方向,但显然出自这间小屋。她把电灯打开,门后床下都看过了,还是没找到。屋子就那么一点大,能到哪儿去呢?她无意中瞟了一眼停放在东南角的棺材,吓得尖声叫了起来,她发现棺材盖被谁推到了地上,而二十年来没人动过它。蓝儿,蓝儿。她又听到了七奶奶的声音,蓝儿姑妈听明白了,七奶奶是在棺材里叫她。如果不是在大白天,如果不是自己的亲娘,蓝儿姑妈说她是死也不敢过去的。她顺手抄起一只空碗,小心翼翼地叫着七奶奶,一寸寸地靠近棺材。她听到七奶奶艰难的喘息声,七奶奶竟然自己爬进了棺材里。蓝儿姑妈凑上前,看到七奶奶已经把送老的老蓝色寿衣穿着完毕,仰面朝天地躺在里面。寿衣也是二十年前就做好的,一直放在棺材里面,为了防止虫蛀,在周围撒了大量的石灰。七奶奶就躺在里面和她说话。蓝儿姑妈站在棺材前,一时不知该说什么干什么。她听到七奶奶幽幽地说,蓝儿,蓝儿,我等了七十一年,他终于肯叫我的名字了。然后就再也没有声息了。

2002-2-15,在东海

从一个蛋开始

今年十月,在德国波恩大学我的小说朗诵会上,我被问及的问题之一是:偶像是谁?这些老师在哪些方面影响了你的写作?我回答:偶像是我喜欢的作家,未必影响我的写作;而影响我的老师,未必是我的偶像。比如德语作家卡夫卡,二十世纪四十年代以后,大概百分之八十的作家都是他的门生,毫无疑问也深刻地影响了我,但我就是喜欢不起来。

卡夫卡的伟大毋庸置疑,想必稍通文学者都知道。但是他干、冷、硬,仿如偏执阴郁的骨骼和石头,至少对我这个不懂德语的读者来说,看中译本我本能地抗拒他的汉语表达。他的语言吃到嘴里硬邦邦的,咽下去很不舒服。我总想,他为什么就不能温润一点?为什么就不会笑一笑呢?我所见过的卡夫卡的照片,一例板着脸,拘谨和恐惧在上面结了冰。这当然只能是假设,如果他蓬勃温暖、放旷自如,卡夫卡就不再是卡夫卡了。

十年前我刚开始写作时,和所有的学徒一样饕餮大师。打眼我就知道卡夫卡不合我胃口,不过还是咬牙切齿地啃完了他的主要作品。我想知道一个阴郁的人如何写作,一个把小说带进"现代"之境的大师如何表达他的现代感。我相信我看出了卡夫卡的确在从事一种迥异于前人的文学,我也相信我的确从中汲取了诸多的营养,因为我当时和所有年轻人一样,习惯于把《变形记》《在流放地》《城堡》《诉讼》等名著深沉地挂在嘴上。我同样确信我的言必称卡夫卡不仅仅源于虚荣和卖弄,而是我看懂了——多么难看的小说我看懂了。这个恐惧的人、胆怯的人、内心极度敏感和脆弱的人,这个惶惶不可终日了无自信的人,这个无视浩大的生活只愿意钻进内心的地洞的人,我理解他的所作所为。一个人可以这样,内在的情感和故事逻辑对我没有障碍,我想,噢,这就是现代主义,从繁华、强硬、动荡和非理性的世界中退守自我的渺茫卑微的个体。所以,在向别人陈述卡夫卡时,我可以用比卡夫卡还要抽象的汉语来自圆其说。

　　看过了,我以为我懂了,而且不喜欢,于是很少重读。前段时间,一个偶然的机会我开始系统地重读卡夫卡,是那种一个字一个字地抠的读,还是不喜欢,依然觉得他的汉语表达有着说不清道不明的别扭,缺少亲和力,但读之心惊,或者说,愈发心惊。

　　年过三十,不再是围墙内心无挂碍的学生,一个人所可能面对的生活正逐渐完整地向我扑来,以不同的方式,凶猛如野兽。我突然要面临工作、家庭、亲人、朋友、领导、权威、体制、社会关系、欲望、发展、伸张、绝望、犹豫、决定、决绝等等,其琐碎复杂和利害关系让我越发体会了一个人的无奈、惶恐和急欲隐遁的冲动。我意识到先前对卡夫卡的理解是多么单薄和清浅,那不过是一个生活在生活之外的二十岁左右的年轻人照本宣科的理解,局限于文学之内,就事论事,是一种更接近于空对空的思维层面的游戏,缺少了与寄身的这个活生生的世界之间的张力,更少了一份与生活迎面时粗粝地摩擦和撕扯的切肤之痛。二十岁时我更多地看见卡夫卡和他的人物,孤寂、惶恐、胆战心惊;三十岁之后我不仅看见伟大的作者和他的人物,更看见了他们面前咫尺之遥的黑魆魆的世界,庞大、高耸、连绵不绝,这个世界只需要沉默就可以让你喘不过来气,它黑暗、冷漠地压迫你,直到你承认了自己之小,直到你退守到消瘦的躯壳里,退守到在内心掘出的地洞里。

也许卡夫卡处之极端,一个人不必要如此惊慌失措地溃败,一个人有足够的理由强悍起来,像擎天巨柱一样与世界分庭抗礼。我相信,这世上不乏可以乾坤倒转的巨人,但我现在,更愿意在沉默和悲伤的时候把自己想象成卡夫卡和他笔下的人物,毕竟沉默和悲伤的时候更多,与天斗、与地斗、与人斗,我们其败连连。如果你面临挤压,如果你常常对生活束手无策,如果你所有的事都超乎寻常地难以完成,如果你伸出两只手却感到力气空空荡荡,你就可以真正地理解卡夫卡了。

——这感觉多半发生在你独自面对世界之后,比如我,三十岁之后开始体会到断断续续的无力和虚弱。

而这样的文学大概也只会发生在二十世纪及其以后,在一个卢梭痛恨的"文明世界"里,人可能会极其强大,人更可能极端脆弱。

在我的阅读经验里,如此紧张、错乱的内心只在霍桑和爱伦·坡的小说里稍稍出现过。但我们得承认,霍桑和坡的小说里世界作为庞然大物其实只是一个淡远的背景,而在卡夫卡的小说里,世界几乎成了主角,其实正是主角,它是人的最可怕的敌人,通常战无不胜。至少在卡夫卡那里是这样。对卡夫卡来说,所有的道路都可能是一条绊脚的绳索,一不小心就会被放倒。在二十世纪之前,人和世界基本上还能以各自最自然的身份和谐相处。世界守着它本真状态,更接近大自然本身。它有无数谜,人也在尽力破解,但人与世界之间有的只是从容、缓慢、优雅的互动。但到了二十世纪,科学和文明让人类的行动有了加速度,开发和改变世界堪称穷凶极恶。一个自然的世界消失了,取而代之的是一个越来越人为、人造化的世界,人类的意志正在最大限度地投射进世界的镜像中,世界成了无数个人的庞杂巨大的复合体。这其中似乎产生了一个吊诡的事实:当人类能够充分地操控世界时,作为个体的人,反倒越发无力掌控自身的命运。

由此,是否可以绕口令似的得出如下结论:人类越强大,人就越渺小;因为更大的、全人类的意志的集合体已经有能力主宰、扭曲和异化作为个体的意志。在卡夫卡这里我们看得十分清楚,他恐惧的并非是一个自然的世界,而是一个人造的世界。对他来说,所有的人共同设置了一个叫"世界"的坚硬的庞然大物,作为个体的人,生来就是孤独的、脆弱的、无力的,像一个岌岌可危的蛋。

日本的村上春树在以色列领取耶路撒冷文学奖时,在答谢词中狡猾地表明了他在巴以问题中的立场,他说:"在一堵坚硬的高墙和一只撞向它的蛋之间,我会永远站在蛋这一边。"他说这堵墙叫"体制",作为个体的每一个人是那只"蛋"。好了,我们完全可以继续理解,世界正是那"高墙",而这"墙"毫无疑问是由无数的"蛋"打造出来的。也就是说,其实是无数个蛋堆积成了高墙。蛋成了墙,作为个体的蛋依然只能是蛋,如果它撞过去,结果可想而知。

那么,在这个意义上,我以为卡夫卡在小说中反复描绘的,正是一个蛋面对一座高墙时的图景。它是一个隐喻,更是每个人最真实的境遇——卡夫卡的,我的,我们的,所有面对黑暗高耸的世界不知所措的那些人的。

——在我们的卡夫卡式的时代里,每个人的生活都在从一个蛋开始。

2009-11-28,知春里

教　堂

在美国我拍得最多的建筑是教堂,远远看见它们举上天空的十字架,我就把相机打开,一个都不放过。整理照片时发现,拍下的各类教堂数十座,如果不惮于摄影技术的简陋,可以考虑办一个教堂摄影展。我是无神论者,我喜欢教堂,喜欢它们的高瘦挺拔和清冷庄严,在我所见的美国建筑里,它们比芝加哥的西尔斯大厦与天空靠得更近。当西尔斯大厦的顶端在高处的某一点停住时,所有教堂的十字架继续上升,不论它们有多矮,垂直于天的那一端像一根根执拗的手指,一直指上去。

——我是无神论者,喜欢教堂。作为一种建筑,教堂最大限度地体现了民间纷繁复杂的建筑智慧,你很难看见两座长相雷同的教堂,一座一个样,它们极大地满足了我这个形式主义者的癖好;同时作为某种让我着迷的精神象征,它所负载的信仰的力量让我震惊。一座教堂也许只是一个美的形式,无数座教堂一起,就从形式变成了内容,既抽象又实在,就像看见千万人一起弯腰,祷告,向一个共同敬畏的神灵说,我将与人为善,我渴望安宁的来生。我一座接一座地看,源源不断,这是个充满基督教的国家,永远有你看不完的教堂。

在奥马哈,我拍下了五座教堂。但据说这个不到四十万人的城市里,教堂百座有余,可惜我不能总是把相机像钱包一样随身携带,所以对一闪而过的很多教堂只能扭回头狠狠地再看一眼。在奥马哈,有两座教堂每天必看。一个月里我从不同的角度给它们俩拍了无数张照片。

一座在我住的J教授和Y教授家的旁边,出门就能看见并列耸向天空的教堂双塔。这是座古老的教堂,高大雄浑,听说内部装饰极为华丽,必须借用"金碧辉煌"这样的汉语成语才能解释清楚。在J教授的介绍里,我总是想到凡尔赛宫和克里姆林宫,因为只有欧洲的宫殿才会有巨大的穹顶,有哥特式的窄门和坚韧的立柱。在故宫还叫紫禁城的时候,在皇帝和嫔妃们还活着的时候,奢华则奢华矣,那个空间却是平面的、向下的,别人指向天,我们指向地,我们要牢牢抓紧大地得到现世的权势和荣华才能放心。我一直想进教堂里看看,又怯于一个人进去,我总是看见它大门紧闭,而板着脸的巨大的门让我本能地感到神秘和恐惧。——这有道理又没道理,因为教堂本质在于宽容、接纳和施与,天国之门欢迎万方来朝。

也许正是源于这个神秘和恐惧,我总会想象如果我推门而入,那会是一个经典的电影镜头,一个忐忑的小偷进来了。无神论者也可以有恐惧,所以我宁愿不进去。我只把它放进镜头里,啪嗒一张,啪嗒又一张。

如果去克瑞顿大学,必定要经过大学的教堂。教堂始建于一八七八年,根据这个古老的年头就可以想象它的雄伟和庄严。受一些三流影视剧的影响,我总有一个固执的错觉,就是这教堂依山面海,山在高山之巅,背后是万丈悬崖,中世纪的风擦着后脑勺呼啸而过。事实当然并非如此,这大学教堂只是处在一个高地上,两个塔尖直插云霄,因为高大,每次拍它我不得不仰拍,这更助长了它的傲岸,简直成了连接天地的唯一的路。这教堂必须建得伟大,因为克瑞顿大学是教会大学,教堂是中心,所有的建筑和活动要围绕它展开,就像斯蒂文斯的那只著名的田纳西罐子,这是世界的原点。

克瑞顿的教堂门楣宽大,周围装饰浮雕,有天使在墙壁上飞。它是大学的中心,门前是学校的主干道,所有学校重大的事情多半要发生在这里。比如募捐、会餐,比如裸奔。

有几天我总能在教堂前面的喷泉旁边看见一顶帐篷,帐篷里坐着几个学生。今天坐这两个,明天又换成另外两个。我终于忍不住想问问他们为什么要把小帐篷搭到这个地方来,当时我和Y教授在一起,就请Y教授问一下。帐篷里的一个女孩说,他们在募捐帐篷,现在经济危机了,奥马哈一定有破了产的无家可归者,为了他们不至于露宿街头,所以同学们决定募捐帐篷。他们把帐篷搭在最显眼的位置上,募捐效果就会好一点。原来如此。

有个下午我从办公室出来,看见教堂附近挤满了人,人人拿着一个碟子。我弄不明白什么样的集体活动需要大家都端着饭碗边吃边干,问了才知道,这学期课程在今天结束了,明天就要复习迎考了,庆祝一下,所以食堂干脆把餐车推到室外,天大地大让同学们吃一顿自由餐。旁边的草坪上有乐队在演奏,黑人小伙子激情澎湃地敲着爵士鼓,一个男生在唱歌。他们的狂欢想来是为了庆祝学期结束,要是为了庆祝可以考试,那境界实在是太高了。

大概也是为了庆祝,有人第二天从教堂门前裸奔而过。

那会儿接近中午,我和J教授Y教授开车到学校,他们俩去学生活动中心参加个聚会,我一个人去亚洲世界中心的办公室。过马路的时候还在想是不是要把相机拿出来,过了马路我要去拍一尊圣母雕像,犹豫一下决定还是到了雕像前再拿相机。刚过马路,听见旁边嗷嗷怪叫,扭头看见两个白白胖胖的光身子从身后跑过来。两个小伙子头上裹着白T恤,只露出两只眼,张牙舞爪地裸奔,嘴里兴奋地直叫唤。白人的确是白,小鸡鸡都白,在身体前面甩来甩去。他们沿着教堂前面的大道一路跑下去,当时路上行人不少,很多女生哈哈大笑。我看到了西洋景,想必这裸奔对她们来说也是个西洋景。等我反应过来要去拿相机,裸奔英雄们已经跑到教堂前面了,而过了教堂地势开始降低,就只能看见他们裹得严严实实的脑袋了,然后脑袋也消失了。只有喊叫声经久不息。我沿着大道望过去,几乎所有人都原地不动,要么瞠目结舌,要么觉得好玩,像过节一样开心。可见即便在裸奔无罪的美国校园里,它也不会频繁到成为日常现象。

J教授和Y教授说,他们在克瑞顿这么多年了,也没撞上这种事。我开玩笑说,那是我运气好。裸奔经过教堂,这在道德家看来,完全可以上升为一个复杂的象征,没准最后可以证明出:世界已经完全乱了。但在克瑞顿的主干道上,等裸奔者消失,等瞠目结舌者五官归位,等过节一样开心者敛住笑容,他们继续走路、聊天、思考,没有人觉得有必要去看见比裸奔的过程更多的东西,裸奔事件到此结束,日常生活重新开始。教堂是教堂,裸奔是裸奔,裸奔经过教堂不过是裸奔经过教堂,而不会是其他什么更为严重的东西,不必要求他们写检讨或者留校察看。

每次驱车购物的路上都要经过一座教堂,很可能是奥马哈最大的一座。在一个小坡顶上。奥马哈没有山,但地势起伏,你从最低处往上看那教堂,它就在山上,规模极其巨大。出门即见的双塔教堂和克瑞顿教堂只是座教堂,进去就是那种不需要解释的厅堂,而这座教堂却是一大片建筑群,做礼拜的、办公的、后勤的、钟楼,各有其宽大的场所,周围是一大片树木、草坪和停车场。如果你不看它突出的尖顶和十字架,你会以为这是座巨大的庄园;如果枝叶再繁盛一点你看不见房屋,你会以为正经过一个路边公园。一点没有意外,这座教堂建筑华美,好像是出自某著名建筑设计师之手。

事实上,很多教堂都是著名建筑师设计出来的。在任何一个居住区里,教堂都毫无疑问是最重要的公共场所,房屋居所是自己的,你可以随便怎么整都行,教堂的建造却必须群策群力,所以经过一个个美国小镇时,我看见镇上的教堂几乎都是最好的建筑,材料是,造型也是,一个小镇的智慧都集中在这同一座建筑上。甚至地理位置也是最好的。对一个新兴的小镇,最先出现的建筑通常就是教堂,身体可以露宿野地,灵魂不行,他们必须先把主供奉在一个安全、舒适、正大的所在。他们在最具天时地利人和之处择定方位,所有人都把木头运过来,商讨,设计,叮叮当当一阵猛干,他们的耶稣基督在此落户了,然后他们以此为中心,紧密地团结在十字架周围。

Y教授有个精妙的比喻,对美国小镇来说,教堂有点像中国的居委会。的确如此,这是小镇最大的公共空间,大家来礼拜祈祷,开始前和结束后可以展开社交,大大小小的事情在出门之前就已经解决了。而政府的职能单位市政厅、镇政厅,往往小得可怜,我见过的很多小镇上很多管理部门只有一间小房子,要不是门前挂着"CITY HALL"的小牌子,你会以为这地方无为而治。当然它的确也不需要骇人听闻的巨大,它是个服务部门,市长镇长有的连工资都不拿,它不需要通过豪华巍峨的政府大楼来体现自己的权威。在这一点上,也许小镇上的居民相信神来管理众生,比挺着大肚子的官员来管理更可靠一些。

我是个无神论者,不能切身地体会他们对主的虔诚和敬畏,但那虔诚和敬畏本身是我所喜欢的。我总以为,有虔诚和理想总比没有虔诚和理想要好,有敬畏总比没有敬畏要好。因为我们无所敬畏,所以肆无忌惮,要与天斗与地斗与人斗且其乐无穷,天和地和人有时候的确需要去斗一斗,但斗多了斗过头了,其结果证明的恰恰不是人的伟大,而是人的不堪和毁灭性。虔诚和敬畏不在一定要皈依某种宗教,它只是个信仰问题,比如,你也可以信仰最基本的善,由此你有了基本的善恶判断,也就有了必要规矩和准则。有规矩乃成方圆,这个世界在这个意义上才可能会更好。

在所有见过的教堂里,能拍下来的我尽量拍下来,如果相机打开得迟了,车行疾速一闪而过,那就只好遗憾了。最遗憾的是错过了南达科他州的一座小教堂,非常小,小得都算不上一间小房子,小得都容不下三个人同时站进去,在南达科他州印第安人保留区里的一片旷野上,在路边,一个陡峭的急转弯从教堂前面经过,等我看见它时,车子已经开始拐弯,当时天不好,风和雨和黑云朵压在头顶,我不好意思让车停下来,只能最大限度地扭转脖子去多看几眼。实话实说,当时我感到震撼,不是因为它的小,而是因为它的存在。

自从白人带着枪炮和现代文明来到北美大陆,印第安人的生活就被迫越来越狭窄。他们遭到屠杀和驱赶,最后被从马上赶下来,他们当年纵横的整个北美大陆辽阔的疆域萎缩成了现在的印第安人保留区。他们不得不把坐惯了马背的屁股移到汽车上,他们很不开心。为了保留草原、山林、野牛、游牧、自由和自己的文化,印第安人与白人争斗了几百年之后,人口和土地同时急剧减少,现在他们像蒲公英一样分散在保留区的一个个角落里。我看见的就是其中一朵或者两朵小蒲公英。离教堂不远有几间很小的旧房子,甚至还有一间学校,小得如同模型。

——我想说的是,即便如此,他们依然需要一个教堂,不管它有多小,但必须有。有和没有是完全不同的两码事。可以被驱赶,可以贫困,可以偏安一隅乃至与世隔绝,但精神依然要寻求安放,他们要保留住敬畏和通往天堂的路径。有希望和寄托才可以继续活下去。我想象如果小房子里的人同时出来做礼拜,不管几个人,也只能一个一个来。一个人进去,祈祷,完毕,出来后另一个再进去。如是,一个接着一个,仿佛轮回,在这片可以忽略时代的旷野上,岁月悠长,十字架永远垂直着问天。

2009-5-19,知春里

在信仰的国度

没去过斯里兰卡,抽象地觉得远在了天涯海角。因为远,就本能地以为无所知,于是去前开始大做功课,在飞机上断断续续的睡眠间隙里一直看书,希望落地时不至于太唐突。落了地,在机场就感到潮湿的热,出了机场打眼看到路边丰肥的热带植被,明白为啥觉得远得恍如隔世了:斯里兰卡再往南就是赤道了,对于一个生活在北温带的人来说,赤道几乎就远在了地球的另外一头。碰巧我去过的十来个国家,全在北回归线以北,我对赤道一带充满了魔幻现实主义的想象。这些想象源于各种关于非洲和南美的描述。

坐上接站的中巴车,一路看到首都科伦坡,我庆幸这几天来看对了书。译成中文的斯里兰卡文学书一本也没有找到,我又想了解景点介绍之外的这个国家,最终选了奈保尔的非虚构作品《印度三部曲》。多年前读过,是因为文学和印度;这次重读,是想在书中找到一点斯里兰卡的蛛丝马迹。斯里兰卡孤悬在印度东南,从地图看,两者一衣带水。资料上说:2500年前,来自北印度的雅利安人移民至锡兰岛建立了僧伽罗王朝;公元前247年,印度孔雀王朝的阿育王派其子来岛弘扬佛教,受到当地国王的欢迎,从此僧伽罗人摈弃婆罗门教而改信佛教。只此两条,从印度看斯里兰卡应该不算太离谱。但我担心的是,手头正读的《印度:受伤的人民》是否过时了,奈保尔在1977年出版该书,现在是2014年。近四十年,在一个高速发展的现代世界,肯定是换了人间。但在进入第一大城市的沿途,我怀疑奈保尔当年写的不是印度,而是前不久的斯里兰卡。我没去过印度,不知道奈保尔离开后的四十年里发生了多大的变化,但就以我见到的这一路"城市化进程"来揣测,印度/斯里兰卡可能多年来都是蹒跚着走向现代化。

进了郊区,清早的大街上走着很多赤脚的老人,穿缠腰布,露出精瘦的古铜色身体。刚下过雨,他们对浅小的水洼视而不见,面容中有某种坚定的茫然和空白。沿街的建筑低矮、破败,除了佛塔和佛像尊荣隆重,住家和店铺一例漫不经心地单薄和贫瘠,有人坐在墙根,无所事事,迟缓地运行他们的身体和表情,低下头时,我总以为是在看蚂蚁搬家,就算看蚂蚁搬家,他们也不是专注敬业的那一类,而是有着神游物外的空茫和懈怠。偶尔有几辆沾满泥水的低端汽车迎面开过来,更多的是头尾都包裹起来的小小的机动三轮车,斯里兰卡叫TUTU车,中国有些地方称之为"小蹦子"。车顶上注明:TAXI。

我以为这种出租车只在郊区使用,拐过一条街,接站的朋友说,进市中心了,再拐两个弯就是希尔顿。小蹦子多起来。朋友说,科伦坡的出租车就是这个。我狠狠地纠结了。如果此地离市中心还有五公里,如果TAXI的字样过了一条街就出现在哪怕QQ和奥拓的头顶上,我也不会这么恍惚——我来自苏北的乡村,见得最多的也许就是贫穷和落后,但我必须说,一个国家的首都如此缺少过渡,还是超出了我的预料。

事实就是如此,在希尔顿的十三层楼上我眺望整个科伦坡,除了屈指可数的几座可以跟"国际大都市"的想象稍微贴近的高楼,这座谦卑、沉默和缓慢的城市并不比我故乡的县城繁华多少。经见了中国近年来疯狂的城市化和现代化,习惯了以GDP和高楼大厦作为发展指标的语境,科伦坡确实让我有点反应不过来。我比来之前更迫切地想知道,斯里兰卡人究竟在想什么。

我到斯里兰卡是为了参加科伦坡国际书展。活动不多,结束了就往大街上跑,朝人群里钻。累了就叼根烟站在路边,看斯里兰卡人和车辆水一样从我面前流过。他们说口音极重的英语,有些人英语不通,只会说僧伽罗语,偶尔的交流只能靠比画。若非在沸腾的市场上,他们很少喧嚣聒噪,步行者沉默地走,依然有着石头一样坚硬或空白的表情,或者稍稍低头若有所思。没事的时候他们喜欢坐着,面对陌生人会露出单纯、淡然的笑容。他们形容焦枯,但你在他们脸上看不到焦虑和纠结,更不可能发现歇斯底里和穷凶极恶。他们长着一张安之若素、习惯于慢半拍的脸。你会觉得他们身体和精神的某些部分是静止的,被坦然地搁置到一边,因为这些部分无须或者根本就不屑参与进日常生活。只有礼佛时除外。手持莲花右绕佛塔转着圈子走,或者面对佛像垂首低眉双手合十,他们才会动用整个身心,身体在暗暗地绷紧,意念在上升,神思专注而邈远,他们庄严凝重。

不知道这个数据是否准确:在斯里兰卡,76.7%信奉佛教,7.9%信奉印度教,8.5%信奉伊斯兰教,6.9%信奉基督教。即便有出入,这也是一个绝对的信仰的国度。我在一座寺庙里看到了一群密度巨大的斯里兰卡人,绕塔者绕塔,礼佛者礼佛,念经者念经,余者劳累的男女老少,在塔前、墙下、鹅卵石上、沙地上随机席地而坐,就算只是发呆,表情也丰盈饱满,一派祥和。除了祈祷诵念之声,整个寺庙有种午后斜阳的静谧,让你觉得这世界本该如此,太初有道,理所当然。

正是在这个寺庙里,我对先前的认识产生了怀疑。那些缓慢地走在郊区布满水洼的路面上的斯里兰卡人,那些匆忙穿行过科伦坡马路上的斯里兰卡人,果真都长着一张茫然和空白的脸?他们的茫然和空白是奈保尔认为的印度式穷人的无知、蒙昧、懒惰和无所事事,还是源于内心的虔信与笃定,或者对贫穷、制度和种姓的隐忍和顺从?我请教了一位在科伦坡生活了多年的华人,说起斯里兰卡人他既羡慕又鄙夷:被中国人视为三座大山的教育、医疗和住房,兰卡人根本不需要考虑前两者,教育和医疗免费,国家埋单;至于房子,天热,你要愿意凑合过,有个屋檐避雨就行了,穷人可以穷得心无挂碍。正因为没负担,他认为纵容了兰卡人物质生活的惰性,没压力就没动力,操那心干啥?他们把自己全身心地交给精神生活,对很多人来说,信仰是日常的主体。他们安于贫穷,不思进取;也因为甘于种姓的贵贱,他们对贫富分化视若等闲。这位华人兄弟为此颇为骄傲了一把:以中国人蓬勃的进取和吃苦耐劳,在兰卡发不了财简直天理难容。他是发财者之一。

他们安于贫穷。这是否就是斯里兰卡相对落后的真相?如果安于贫穷,那么贫穷在哪一种意义上让他们心悦诚服?我随身携带的《印度:受伤的文明》一书中,奈保尔也论及了这个问题,他写道:"尼赫鲁先生有次评论说,印度的一个危险是,贫穷可能被奉为神圣。甘地主义就曾有这样的现象。圣雄的简朴似乎把贫穷神圣化了,成了所有真理的基础,成了独一无二的印度的财富。"是否可以简便地让尼赫鲁和奈保尔的论断跨越保克海峡直接从印度移植到斯里兰卡?我不知道。斯里兰卡也在把贫穷奉为神圣?我也不知道。我在斯里兰卡只待了不足一周,就算不吃不喝不睡一百多个小时里目力所及的都是真相,也没能力说出一个真实的斯里兰卡之万一。她距我们如此遥远,距离我的生活和认识如此遥远,几乎超出了我的世界观、人生观和价值观。我看到了斯里兰卡的贫穷,我也看见了斯里兰卡对于贫穷的不安。

此次书展正值中国国家元首访问斯里兰卡,将签署多项重大合作项目,也将给斯里兰卡带来巨额投资。整个科伦坡挂满了五星红旗。几乎所有像样的宝石店和茶叶店里的伙计都会说一点汉语,在过去的中国人开始有了一点钱的这些年里,他们负责用汉语来招徕中国游客,跟中国人讨价还价掏中国人的腰包,现在,他们大力赞颂中国的好,中国人好,中国的元首好,他们对我跷起大拇指。我问一家宝石店老板,为什么中国人好,他左右手的食指和大拇指兴奋地捻动,做数钱状,然后摊开两手不停地往外送,同时鼓起腮帮子不断地往外吹气,他说:"中国人,好!中国人,好!"他夸的其实是人民币。

2014-10-02,知春里

冬至如年

人老了对生命和死亡的看法会变。七十岁后,祖母突然热衷于谈论死亡。之前有二十年她对此毫不关心,每过一天都当成是赚来的,一年到头活得兴兴冲冲,里里外外地忙,不愿意闲下来。这二十年的旷达源于一场差点送命的病患。五十岁时,医生在我祖母肺部发现了可疑的阴影,反复查验,尽管好几家医院都说不清楚这阴影究竟是个什么东西,但结论惊人地相似。当时正值寒冬,马上到春节,医生们说:回家准备后事吧,过不了这个年。那时候中国还处在喑哑灰暗的1970年代,医生的话跟老人家的语录一样权威。一家人抱头痛哭之后,把家里所有的钱都拿出来,又借上一部分,决定再跑一家医院。去的是大城市里的一家军队医院,在遥远的海边上。其实也不远,一百里路,但对一个一辈子生活在方圆五公里内的乡村女人来说,那基本上等于天尽头。我祖母有生以来第一次看见了大城市,有楼有车,马路上的人都有黑色的牛皮鞋穿,她觉得来到了天堂里,死也值了。她做好了准备。可是医生在经过繁复的检查之后,告诉我们家人:尽管没查出明确的毛病,但应该也不至于死,回家好好活,活到哪儿算哪儿。

等于从鬼门关前走一遭又回来,祖母满心再生的放松和欣喜,决定遵照最后一个医生的嘱咐:活到哪儿算哪儿。就活到了七十岁。七十岁的时候身体依然很好,好得仿佛死亡的威胁从没降临过。这个时候,祖母突然开始谈论死亡。那时候我念中学和大学,每年只在节假日才回家,一回来祖母就跟我说,在我不在家的这些天,谁谁谁死了,谁谁谁又死了。白纸黑字,好像她心里有本录鬼簿。祖母不识字,也不会抽象和逻辑地谈论死亡,她只说一些神神道道的感觉。有阵风过去,她就说,有人死了。一块黑云挡住太阳,她就说,谁要生病了。满天的星星里有一颗突然划过夜空,她就说,某某得准备后事了。有一年暑假我在家,祖母坐在藤椅上觉得浑身发冷,她跟我说,这一回得多走几个人了。

的确,年纪大一点的老人经常会约好了一起死,七十五岁的这个刚埋下地,七十四岁的那个就跟上去了。一死就一串子。过去我不曾在意过。到祖母七十多岁开始不厌其烦地谈论死亡时,我才发现,在乡村,死亡真的像一场瘟疫,开了一个头,总会一个接上一个。所以祖母说,你看巷子里的风都大了。她的意思是,人少了,没个挡头,风就可以越来越肆无忌惮地满村乱跑了。在七十多岁的某一年,祖母开始抽烟、喝酒。过去活得劲头十足,每天都像过年,现在要把每天都当年来过。七十多岁了,祖母还是很忙,但动作和节奏明显慢下来,从堂屋到厨房都要比过去多走好几步,往藤椅上一坐,经常一时半会儿起不来。她肯定很清楚那把老藤椅对于她的意义,所以经常擦拭和修补;她坐在藤椅里慢悠悠地抽烟,目光悠远地对我讲村里已经发生的、正在发生的和将要发生的死亡。

现在想起祖母,头一个出现在我头脑里的形象就是祖母坐在藤椅里抽烟。祖母瘦小,老了以后又瘦成了个孩子,藤椅对她已经显得相当空旷了。她把一只胳膊搭在椅子上,一只手夹着烟,如果假牙从嘴里拿出来,吸烟时整个脸都缩在了皱纹里。除了冬天,另外三个季节藤椅上都会挂着一把苍蝇拍,抽两口烟她就挥一下苍蝇拍。有时候能打死很多苍蝇和蚊子,有时候什么都打不到。这个造型又保持了二十年;也就是说,从祖母热衷于谈论死亡开始,时光飞逝中无数人死掉了,祖母在连绵的死亡叙述中又活了二十年。

临近九十岁的这几年,祖母每天都会有一阵子犯糊涂。除了我,所有半个月内没见的人她都可能认不出来。即使是我,她最疼爱的唯一的孙子,有一次在电话里也没能辨出我的声音。我在北京,隔着千山万水跟她说了很多嘘寒问暖的话。然后她放下电话,跟我姑妈说,刚才有个男的打来电话,让我多喝水,多吃点东西,谁啊?

还有一个重大变化,祖母不再谈论死亡。烟还继续抽,酒也照样喝,一天里有越来越多的时间坐在藤椅里,偶尔挥动苍蝇拍,话也越来越少。死亡重新变成一件无足轻重的事。

因为间歇性的糊涂,我们经常把她的沉默也当成病症之一,看她安详地坐在藤椅里,不忍去打扰。只有等祖母想要说话了,我们才陪她聊一聊。祖母开始谈论各种节日和节气,往欢欣鼓舞上谈。这个我能跟她老人家谈得来。土节、洋节,各种稀奇古怪的节日,我基本上都知道一点,传统的二十四节气也能扯上几句。我还不识字的时候,二十四节气歌和一些农谚就会背了,这大概是大多数乡村知识分子家庭里的孩子都要经历的最早的知识启蒙。不过启蒙完了也就完了,跟土地渐行渐远,与乡村为数不多的联系之一,也仅是靠着那点童子功,能把二十四节气有口无心地顺溜地背下来了。祖母在谈论这些节气时像回到了二十年前,而一旦回忆起在这些节气中的个人史,祖母思路之清晰,简直就是回到了四十年前。某年某节,某件事发生了。某年某节,某个人如何了。她用她为数不多的清醒时光回忆了九十年里的各种节日和节气。

"那个时候,"祖母说,"我就想活到过年。"

我明白。医生当时断言,她过不了年。"都过去的事了,奶奶。"

"现在不想了。过了年也就那样。"

祖母的口气里有一个胜利者在。但她对春节还是相当看重。实际上是最看重,在她的记忆里,一生中最大的事情不少都发生在这个天寒地冻的日子里。因为过年的时候一家人总要团聚在一起,一夜连双岁,是终点也是起点。

但祖母去世在冬至的那一天:她完全是掐着点儿要在那天离开人世。这当然是我们事后的推断和发现。

是我们迷信吗?祖母能决定自己的死亡?我们一直在怀疑,但不得不承认,从祖母决定不再进食开始,她的确就一直在扳着指头数。冬至前的半个月,祖母从藤椅上下来,经过走廊前的台阶时摔倒了,摔裂了右脚踝骨。就算对一位九十岁的老人来说,这也不算多大的伤。对祖母来说更算不了什么。在之前的五年里,因为股骨头坏死,祖母相继动过两场大手术,第一次植入了人造的左股骨,第二次植入了人造的右股骨。换了两根骨头,祖母依然能够拄着拐杖到处走。

踝骨骨裂无须大惊小怪。不过伤筋动骨一百天,需要耐心。照例治疗,上药,石膏,夹板,休养。祖母枯瘦,医生建议打点滴给祖母消炎和补充能量,以利于恢复。这个建议很好,祖母在医院里静脉注射了几天药水,出院后回到家,某个早上突然决定不再进食。祖母自己的决定。祖母多年来一直是过于有主张的人,说一不二。开始还愿意喝点粥,两天后,一个米粒都不进,只喝稀汤,然后稀汤和牛奶也不喝,只喝白开水,很快连白开水也不愿大口喝,只能过一会儿喂一汤匙,润润喉舌。十二月天已经很冷,祖母躺在床上,你把她两只胳膊放进被子里,她就拿出来,两手交叉,闭着眼,缓慢地扳动手指头。不说话,只是一遍遍数手指头。给她挂水打点滴更不答应,连着针头一起拔了扔掉。不吃,不治,闭着眼数手指头,数得越来越慢。直到某一天,手指头不再数了,很长时间才能艰难地睁一次眼。祖母不再说话,除了嗓子里偶尔经过的痰音,再也没有说过一句话。

一大早我还躺在北京的床上,母亲打来电话,说祖母可能要不行了,抬头纹都放平了。乡村里的死亡有一套自己的伦理和秩序,抬头纹摊平了意味着是眼瞅着的事。我赶紧往机场跑,回到家,祖母躺在床上,睁了半只眼看了看我,接着又把眼睛闭上。我不知道这一次她老人家是否认出来她的孙子来。祖母没吭声,再也没吭过一声。

接下来是残忍却无可奈何的漫长的守候过程。漫长是指那个煎熬的过程,残忍也指的是那个煎熬的过程,你知道她在奔赴死亡,你知道无法救助,你还得眼睁睁地看着她的生命一寸寸地从她的身体上消失。这种守候完全是一种谋杀。一天过去,一夜过去;又一天过去,到晚上,祖母早已经神志不清,你知道缓慢的死亡对她也是煎熬,但你也得顺其自然。先是胳膊不再动,然后是腿不再动;祖母偶尔转动一下脖子的时候,九十三岁的祖父经过祖母身边(这也是在他们共同的生活中,最后一次经过祖母身边,其余时间祖父把自己关在房间,一个人悲伤和回忆),祖父说:

"她要等到十二点。"

十二点就是半夜,零点,是新一天的开始。被祖父说中了,十二点附近,祖母突然挺了一下身体,不动了。再没有比那夜更漫长的夜晚。

的确没有比那夜更长的夜晚。那天是冬至。那一天太阳光直射南回归线,北半球全年白天最短,黑夜最长。那一天在北方,是数九寒天的第一天,明天会比今天更冷。

我们的哭声响起。祖父在房间里说:"这日子她选得好。"

是不是祖父都知道?他们在一起生活了七十年。祖父说,这一天要吃饺子,要给祖先烧纸上坟,这一天要当成年来过。我知道往年冬至也要吃饺子、上坟,但从不知道这节气有祖父这一次语气里的隆重。

安葬了祖母,我查阅相关资料:这一天,"阴极之至,阳气始生",古时它是计算二十四节气的起点,也是岁之计算的起讫点;这一天如此重要,仅次于新年,所以又称"亚年";民间常说,"冬至如大年","大冬如大年"。

祖母过了年,也到了冬,圆满了。愿她在天之灵安息。

2014-03-13,知春里1804

在水陆之间，在现代边缘

1

千禧年让我头疼，在这千年一遇的时间里我有一堆事要做：大学毕业，工作，立志看很多地方，读书和写作，开始新生活。最后一条最重要，我常常想象我是冷兵器时代的将士，将提刀纵马一个人闯进陌生的生活里。一直宏大地挂在嘴上的抽象的"生活"，即将由名词转变为形容词和动词，父母、故乡和学校都靠不住了，没有理由继续赖在一些人的怀里，我得替自己独当一面。这一年我二十二岁。胡风说，时间开始了，全世界为此提前一两年开始激动不已。我没感觉，我不相信二〇〇〇年的第一天和一九九九年的最后一天有什么不一样，我也不想在秒针经过零点时听见那震撼世界的咔嚓一声——我的手表从来不准，守得再专心到头来还是个错误。我有一堆事要做，并为此焦虑，所以全世界越隆重我就越烦。他们如此真诚地拥抱新世纪让我觉得很傻，时间总要流逝，太阳落下去就是为了升起来，跟你们扯得上吗？有朋友还真就提前跑到某名山大川，哆哆嗦嗦过了一个寒冷的仪式之夜，在凌晨看见千禧年的第一个太阳顶破了地平线。看照片时,我指着他紫不溜秋的脸说,擦掉你的清水鼻涕。他露出圣徒般的微笑,为了新世纪,流再多也值。

"新世纪"是我最艰难的常识之一。究竟该从哪年开始,十年了我也没得到确切答案。一说〇〇年,一说〇一年,两派会一直争下去,现在到网上搜,依然各说各的。看来千禧年对很多人,的确莫名其妙地无比重要。千禧当天我在学校后门口买了一份《扬子晚报》,特刊,一百多版,拿到手就卖废纸也赚钱,据说这一天的广告收入高达多少多少万。厚成那样,让我不得不另眼相看,打算当成千禧年的唯一纪念物传之后世。半年后毕业,行李实在太多,和那些精挑细选的书相比,我还是决定把它给扔了。

如果姑且服从"千禧派"的结论,那我新世纪的第一个细节就是报纸。我的新世纪从一份《扬子晚报》开始。那时候有电脑的学生极少,新闻主要从报纸中来,女生宿舍我不太清楚,反正男生楼里几乎每个宿舍都买报纸,以《扬子晚报》和《服务导报》为多。第二天满楼道都是旧报纸。我们一致认为宿舍楼里最有钱的是传达室的大爷,他楼上楼下地跑,每天都可以捡到半人高的废报纸。在宿舍楼里,千禧年的记忆一片灰暗,我能看见自己走在找不到阳光的潮湿走道里,两边挂满了长久不能阴干的衣服,散发着绝望的怪味,脚底下的报纸油墨漫漶。梅雨到来之前,南京也会漫长地阴天。我住一楼,除了去图书馆和自修室写小说,绝大部分时间都窝在床上看书,每天看见潮湿和废纸沿楼梯往上蔓延。

本来我想看很多地方,明孝陵、燕子矶、江心洲,再去南京周围几个城市转转,我想时间足够,因为我不需要花时间去找工作。我从一个大学来到现在这所大学插班读书,照规定毕业后要回到原学校教书,定好了的。我打算在同学们忙着找工作的时候去游山玩水。事实是,哪里也没去成,总有琐碎的事情耽误了行程。我总会无端地为很多事情焦虑,也许仅仅因为不久生活就要开始新纪元。这些年都如此,内心里顽固地生发茂盛的出走欲望,但成行者甚少。在南京,南京的很多该去的地方没去;现在在北京,北京很多该去的地方也没去。我梦想漫游世界,当个背包族或者驴友,一不小心就给朋友寄一张远方的明信片,但最想去的几个省份一直没去,最想看的几个国家也一直没看。理由和借口总是有很多,我受着出走和停滞的双重煎熬。一遍遍地写有关"在路上"的小说,大约也是为纾解内心里的煎熬所致。

在毕业前,我在自己身上发现了缪塞《一个世纪儿的忏悔》中的"世纪儿"和屠格涅夫笔下的罗亭,他们的忧郁和犹豫,他们的懈怠和志大才疏,他们的彷徨和恐惧,他们的疏于践行,这些全都是我所痛恨的毛病。在世纪之初,我也是个有病的人,生活局限在校园,眼睛盯着纸和字,即便出门,也多是去逛书店和鼓楼邮政大厅,那里卖很多最新的文学杂志。那时候我想,如果我也要去东奔西跑地找工作,也许人会活泛些,年轻人应该有年轻人的样子。我喜欢安静,但不喜欢暮气沉沉。

2

所幸的是,我还是安静地读了一些书。这在教书时帮了我不少忙。回到原来的大学,我教写作和美学。对陈旧的写作理论我一点兴趣都没有,想必学生们更没感觉,我照我的设想做了一个写作课的提纲,以小说为主,从语言、故事、结构等小说的基本面入手,结合作家作品进行分析,间以单个作家整体作品的考察梳理,比如马尔克斯,我会把读过的他的所有作品都列出来,放在一起比较研究。我不要他们接受那些老生常谈的理论,而是让他们从具体而微处看见一部小说是如何生成的。

教授写作给了我巨大的乐趣,梳理、总结,得到新的体悟。我发现自己竟然读了不少书,这是灰暗和暮气沉沉的大学时代为数不多的鲜亮遗产。教授大三、大四学生的美学时,有些学生比我年龄还大,课间他们会拍着我肩膀叫"徐老师",出了教室门就变成"小徐老师"或者"徐则臣";在食堂里遇到了,我会自觉地请他们吃饭。有一个学期我讲《西方美学史》,半年时间只讲了三个人:苏格拉底、柏拉图和亚里士多德。对三位大师我还算比较了解,但其中的弯弯绕绕讲起来颇费力气,我感到了勉为其难。这课不能再教下去了,捉襟见肘事小,误人子弟事大,还继续念书,工作一年后我决定考研。

在我愿望里,其实是希望能在一个小城市生活,读书、写作、工作,过懒散的日子,时光的速度到自行车为止;如果能回到骑驴过长安的年代,我也不觉得有什么不妥。但我又受不了长久地待在一个地方不挪窝,出走的欲望继续折磨我。那么好吧,最痛快的出走莫过于连根拔起,我去别样的地方生活。我总以为我在教书的学校里不高兴,消息闭塞,没有人聊文学——文学在那里,是名副其实的一个人的事业。没有人告诉我,我的小说写到哪儿了,写得怎么样。我常觉得自己是在世界之外写作。

新世纪的那些伟大的消息总是和我们没关系,的确也没关系。我不看电视不读报纸,只看着自己和周围的人和小城一块成长。我们过着缓慢的生活,从经济发展到学术研究到我的写作到我兼任的中文系团总支书记的工作,以及从最初每月四百五十块钱渐渐涨起来的我的工资。对,我还兼任系团总支书记。前团总支书记出去进修了,系领导让我兼着,每周至少要开两次会,先听学校和系里的领导布置工作,再把工作向学生布置下去。我不擅长开会,在会场总觉得生命漫长得令人生厌,所以给学生会布置工作时,一二三短平快,说完散伙。在兼团总支书记的那段时间里,我发现自己缺少一心二用的能力,所有跟文学、教书无关的事,都让我手足无措。一个人的兴奋点只会越来越少,而世界越来越大,我必须攻其一点不及其余,有些必须放弃,有些必须抛弃,走为上计,所以我考了北大的研究生。

现在回头想两年的教书生活,早不是当年的激愤,回忆里充满运河边温暖的落日阳光。现在我经常回到那座城市,去战斗过的地方见过去的同事和朋友,喝酒聊天,借辆自行车一个人沿运河瞎逛。我还是喜欢自行车的速度。那时候不知道,这座城市已经部分地培养了我的文学趣味,决定了我小说里的重要故事和场景,已经给我提供了一个独特的观察世界的角度——在水路之间,在现代边缘。我一度坚信它在世界之外,其实在世界之中,乃至世界的正中。那两年是充满"事情"的时光,塞得满满当当,因为在我的回忆和重游中,细节越来越丰盛,让我觉得,我实实在在地"生活"过。毕业时对新生活的焦虑已经不在,硬着头皮进入了你会发现不过如此,剩下来的就是顺其自然,当然,焦虑又会来自另外一些问题。

二〇〇一年,如果把这一年作为二十一世纪的开端,那么我可以说,我进入了"新世纪.com"时代,这一年我终于有了一台电脑。386,十四寸显示屏,主机里的零件来自很多台更破旧的电脑,内存小得装不下一个像样的游戏。花了一千多块钱,三个月的工资,卖主是学校设备处的一个电脑维修人员。他把我带到报废品仓库里,指着一堆垃圾问我喜欢哪一个显示器、哪一个主机箱,几天以后他把我钦点过的东西拼在一起,说,看,跟原配的一样。几年以后,我在北大听到一个真实的段子,有学生想买二手自行车,在三角地贴出求购信息,很快有人找上门,带他去教室和宿舍前后的车棚里看,问他喜欢哪一款;第二天,他指认的那一款就到了他面前,不仅是那一款,完全就是那一辆。我把这个段子用进了中篇小说《跑步穿过中关村》里。设备处的同志为了表示他的慷慨,多送了我一个鼠标。后来有朋友鼠标坏了,我把多余的那个送给他,被大大嘲笑了一通,如此低级的鼠标也好意思送人。当时我对电脑知之甚少,除了开机、关机、打字和基本的文档处理,啥也不懂。不过我总算有了电脑,成了一个靠敲键盘来写作的人。

感谢386,它让我更清醒地把自己定位为一个写作者,直到现在。此刻我在迅捷高效的笔记本上写作,若这电脑通灵,在我叙述它的前辈近亲时,是否也会为这其间浩荡的近十年的光阴发出感叹?386之前,我在大白纸上写,信笺纸我用反面,坚决不用线条和方格纸,那让我觉得不自由。但投稿还是要工整地誊抄在稿纸上,我是一个老实的文学青年,辛辛苦苦誊好一沓稿纸寄到编辑部,自由来稿,接下来等待石沉大海的命运。我总以为人家不用的原因只有一个,看不上,于是继续埋头看书和磨炼。不知道还有自由来稿可能根本就不看这回事。我以为就像写作者要写一样,编辑有什么理由不看稿子呢?

好在从九七年开始正儿八经写小说和投稿后,我已经习惯了无声无息地消失,也习惯了检点和讨伐自己,凡事先问自己为什么,总不会错。这是美德,多年后尝到了甜头,因为自我怀疑我戒除了浮躁,扎出了看得过去的文学马步。对艺术而言,基本功不仅仅是起点,很可能也预见了终点。

3

北京风沙很大,传说中的沙尘暴我头一次去就赶上了,大街上到处可见头蒙纱巾匆忙赶路的人,我怀疑自己置身于阿拉伯的人群中。考北大之前我没来过北京,坐大巴进北京时天已经黑了,一路华灯,漫长的环线高速,我在想北京到底在哪儿啊。从未谋面的朋友到车站接我,我住进北京航空航天大学他的宿舍里。第二天风起,尘沙漫天,世界像盘古开天前一样混沌,我这个江苏人哪见过这样的白昼,很快就糊涂了。朋友送我到北大有事先回去了,回北航我一个人走,车坐反了,越走越远。那些头戴纱巾走路的人哪,我的嘴唇发干,牙齿间尘沙在响。

被赋予的象征和仪式之意义消磨掉后,时间还是时间,分分秒秒坚持的是自己的节奏。从〇二年之后,"新世纪"的响亮口号渐渐平息下去,我们重新生活在万古长存的时间里,至少进北大读书以后,我再没有被"新世纪"之类的宏大叙述所激动。二十一世纪和过去的二十个世纪一样,时光浩渺,除了高科技日新月异地空前,除了因为先进的武器可以让一个人、一群人死得更有效率,除了因为环境污染等等原因造成的癌症品种如此繁多,人类的所有情感和事物我相信和耶稣诞生的那一年没有区别,和正值这一年的西汉平帝元始元年没有区别。新世纪对我来说基本上成了一个抽象的名词,唯一一次形象化是二〇〇五年我的小说集《鸭子是怎样飞上天的》入选中华文学基金会的"21世纪文学之星"丛书。

但是沙漏一样的缓慢时光对个体有意义,对个体来说,稍微重大的改变都堪称惊天动地。北大三年,从〇二年到〇五年,足以改变一个人。

在此之前我的重要时段有两个。一是童年,我赤脚走路,在野地里狂奔、放牛、下水、推磨、插秧、割麦子,到收获完毕的田地里捡剩下的粮食,这个漫长而又快乐的自然启蒙,让我在被钢筋水泥封闭的城市里依然时时想起天空、大地和弯腰驼背的人,让我只有不断地虚构一条条回故乡之路身心才能稍事安妥,让我的字句有一个不竭的绿色和丰沛的水的源头。另一个时段是高中的后半部分。高二时我患了严重的神经衰弱,一直到进了大学才好转。这是把一个少年送入孤独、忧郁和幻想之境的最有效的病症,死不了人,但会把你整疯。我怕吵,极度敏感,找不到说话的人,尽管我努力融入同学们的快乐里,甚至也的确融合得很好,我依然有很多话、很多想法只能对自己说。你没法跟一个不明白神经衰弱是怎么一回事的少年说清楚,为什么你会整夜整夜浮在睡眠的表层,一根针落地也能把你惊醒;你也没办法让他们相信,你睡觉的时候会感觉到还有一个你站在床边看自己;他们不理解坐在安静的教室中你的耳朵里为什么能响起很多种诡异的音乐。一个人永远不能明白附着在另一个人的神经上的问题。我不能整天自言自语,只能在纸上写,一本又一本地记日记。在我的教育中,文学化的书面表达从来都是被忽略的,因为一种病我无意中把它捡了起来。在书面化的自言自语里,我把自己写开了,无心插柳地窥见文学的门径。而在此之前,我的伟大理想是成为一名大律师,在法庭上慷慨陈词,把死人说活,让稻草变成金条。

那么北大,它给予我的,是对文学和这个世界的更高一级别的认识。哪怕三年里我大部分时间其实是窝在宿舍里的一把廉价的电脑椅上,眼睛盯着书本和电脑,也可能仅仅是走神发呆,但当出了门,积蓄百年的人文传统会以各种琐碎细微的方式进入你的精神深处。你在这样的环境里生活、学习、施展想象、虚构、思辨和表达,背景里逐渐就会出现一个博大的整体观和幽远的史的轮廓。也许这就是一所好的大学所能给你的既现实又抽象的营养。而整体观和文学史观对我的写作和艺术鉴赏,竖起了清醒的路标和巨大的自信。还有我老师,他的言传身教让我逐渐有能力将文学——落实到艺术的最基本的层面上,而最基本的总是最重要的。

○五年毕业至今,我依然十分留恋北大的生活,不是因为我有多勤奋好学,而是我更喜欢校园里的纯粹和清静。我算不上好学生,对高深的学问提不起兴趣,考试和论文也不太上心,读书也任由自己偏僻的爱好,心思全放在编故事上。和社会上的喧嚣和复杂比,我更愿意待在清静的地方写小说。校门之外的事情常常让我疲于应付,生存、工作、交际,电话的铃声,日程表和备忘录,一天被切割成无数的一小块又一小块,而一天又一天永无止境。而我希望一天二十四小时全是我自己的,可以让我想干什么就干什么。所以,我一直讨厌日程表和备忘录。

研究生的宿舍在校外,我们每天要坐车或者骑自行车十里路到北大。这十里路上我学到的东西也许并不比在北大里学到的少,它让我知道一个写作者该怎样使用自己的眼睛。这一路可能经过的地方:万柳中路南口、万柳中路、巴沟村、万柳新新家园、稻香园桥、六郎庄、海淀妇幼保健医院、海淀南路、苏州街、地震局、海淀图书城、海淀桥、硅谷电脑城、海淀体育馆、芙蓉里、蔚秀园,与蔚秀园东门相对的是北大西门。现在一闭眼我就能看见这条明晃晃的路线从北京地图里升起来,我走了三年。三年不算长,但在这三年里这条路两边发生了天翻地覆的变化:一棵树栽下了,一片林子长起来;一栋楼建起来了,一个个小区住满了人;一个陌生人走过去,一群群陌生人拥过来;可能永在的突然消失,想象之外的骤然降临……如果不是一直在走,你可能会怀疑走错了路。

〇二年刚到万柳,宿舍周围全是低矮的小房子和废墟,大卡车穿过旁边的土路,尘土飞扬;毕业时,北京西北的这块角落成了新贵们争逐的要地,海淀区政府在这里落了户,公安局也安了家,高尚社区一个接一个,最先进的服务业也及时地跟进来,房价像吃了激素见风就长。谁要跟你说他在万柳买了房,你基本可以断定这是个富人,不是一般的有钱。

我想说的不是财富的聚集和流散,我想说的是,在这条路上我看到了这个世界如何疯狂地变化,我看到了被改变的世界和改变世界的众多的人,那些来自五湖四海的人的走路姿势和面部表情,我对他们和对书本一样抱有顽固的兴趣。我想知道他们在想什么,接下来要到哪里去;我想知道他们和这个城市的复杂、暧昧的关系。然后有了关于"北京"的小说。从〇三年的《啊,北京》开始,《西夏》《我们在北京相遇》一直到后来的《跑步穿过中关村》《天上人间》和现在的《逆时针》《居延》。

事实上,这条路也是从北大进入社会的缓冲,没有这个缓冲,毕业后我可能会比现在还不知所措。当然,接触世界还有网络。到北大以后我才学会上网,打开电脑,整个世界在同一时间"扑面而来",秀才不出门,遍知天下事,我进入了名副其实的".com"时代。这时代既立体又平面。

4

毕业后我从原来教书的大学辞了职,做了文学编辑,每周三次穿过大半个北京城去杂志社上班。四年里搬了三次家,忍受越来越高的房租,只是希望能有一个独立的书房,希望它大一点,能让我所有的书都有地方站起来。坐拥书城的感觉极好。现在我的房子依然很小,但至少有两间,我把最大的一间用作了书房,六个书橱壁立三面墙,我知道每一本书放在哪个地方,伸手就拿到,我终于过上了遥想多年的歪在沙发上随便翻书的日子。即使不看书,围着书橱转几圈也很惬意,花花绿绿的一排又一排,我觉得自己是个有学问的老地主,站在自家田头上张望,感到生活在这一刻非常美好。

关于北京的生活感受,以及所谓的"京漂"问题,在很多文章里我已经被迫说过很多次。因为它的当下,因为它是我正在生活的生活,因为它还有更漫长的未来,所以,我觉得此前我说得已经太多了。感觉和想法终会过时、失效,硬邦邦的是生活中的一件件事,一个个拐弯的点。

和任何一个生活和工作在北京的人一样,我绕着家和单位两个点像蜘蛛一样不停连线。如果不出差,不外出,生活规律得可怕,乏善可陈。无非是到单位看稿子编杂志,在家写文章过日子;遇上假期,食物充足,我可以待在家里一周不出门。不是不愿意出门,而是不愿意出了门在人声鼎沸的大街上到处跑。如果不把这个城市作为观察的对象,北京的繁华对我毫无意义。我喜欢后半夜的北京,中关村大街上偶尔跑过几辆车,你会觉得尘土终于在此刻缓缓落定,张牙舞爪了一天的这个名叫北京的庞大固埃总算消停了。〇八年春节没回老家,大年初一上午出门,中关村大街空空荡荡,简直令人心旷神怡,城市彻底地还原为建筑和马路、钢筋水泥和混凝土。那空寂的盛况大概只有"非典"时期和前现代的北京可比。

在北京待久了憋得慌,只要有机会我尽量出远门。大多是参加一些文学活动,这些公事公办式的出门与我理想中的出走实难相称,也聊胜于无了。换个空气呼吸一下,心里也跟着宽敞。若是好的旅程,也大可以增广见识、愉悦精神。这几年去得比较多的地方是上海,先是在上海作协和上海社科院合办的首届作家研究生班上念书,断断续续连着去了两年,然后是〇九年四月,转到上海作协做了专业作家。

到上海对我不算是小事,在北京我"漂着",不只精神上没着落——当然在哪里我精神都没着没落,包括故乡。回到老家我都觉得自己是个异乡人,儿童相见不相识,笑问客从何处来——身份上也"漂着",我揣着一个暂住证生活在北京。辞职以后,我的户籍档案留在江苏,在人才中心的档案架上安静地躺了四年,转到了上海。上海,这个在念作家班前对我还是个传说中的城市,出现在我新的身份证上。朋友们开玩笑,说我成了个写北京的上海作家。写北京只是因为我熟悉这个城市,在一篇文章中我说,如果碰巧待在东京、纽约、耶路撒冷和伊斯坦布尔,我也会写那些地方。我当然也希望写一写上海,事实上我对上海一直充满了探究的兴趣——我不喜欢喧嚣的大城市生活,但对北京和上海这样的城市满怀文学意义上的好奇。我想看一看全球化背景下,中国最大的两个城市在双骑绝尘的城市化进程中,城与人的关系;我想说清楚在最具代表性的两个城市中看见的和理解的,我想写出我一个人的"双城记"。每一次踩到上海的土地上,我都在想,我在一点点接近一个文学中的城市。

出远门总让我兴奋。〇八年十月应韩国外国语大学之邀去首尔，〇九年四月应美国克瑞顿大学之邀赴该校做驻校作家，一个人背上行囊，操着半吊子英语，兴致勃勃上了路。两次远行别样的景致的确看了不少，重要的是，有了一个机会从习焉不察的环境里抽身而出，用另外一种距离和眼光观看自我、中国和文学。在美国的时间长一些，我像个密探潜伏在日常生活的最底部，高速运转大脑和五官，我需要细节，作为直接经验的生活细节和可供反刍与辨析的思想细节。对自我的反思与对世界和文学的认识说到底是三位一体的，我既要拿自己当外人，又不能拿自己当外人。你要充分敞开，然后接纳、过滤、生发和抽象。在这种长途中，我觉得世界和内心都是开阔的，神思邈远安宁，拿得起也放得下，放得去也收得回，很让我迷恋。

近事模糊远事真，因而远事繁复近事简明，灯下之黑必要假以更久的时日才可以述说清楚。要而言之，也许我可以说，〇五年以来的生活其实只有简单的两部分：归来和离开。归来工作、读书和写作，日常生活；然后出大大小小的远门，长亭之外，古道旁边，让那些累积多年的出走欲望一步步得以伸张。

——归去又来。不唯五年，这十年何尝不如此。

2009-9-7，知春里

第十届茅盾文学奖答谢词

因为一条2500年的古老河流,《北上》获得了本届茅盾文学奖,作为作者,我倍感荣幸,也深受鼓舞。所以,在感谢小说原发刊物《十月》杂志和出版这部小说的北京十月文艺出版社以及厚爱它的评委的同时,我也要感谢这条河。

其实写作22年来,我一直在感谢这条河。感谢的方式就是一篇接一篇地写出与这条河相关的作品。22年里它都是我的小说最忠贞、最可靠的背景。我在河边生活过多年,这些被大河水汽笼罩的岁月,成了我写作最重要的资源。只要写到河流,只要笔墨生涩了、故事滞重了,我就会在想象里迅速回到这条河边。然后一切水到渠成。即便是那些发生在北京城里的故事,只要穿行在高楼大厦间的那个人,一头连着这条河,我就知道接下来该怎么办。河流里总有良方。

这条河是京杭大运河,又不仅仅是京杭大运河;它是京杭大运河及我生活里遇到的所有河流的总和。二三十年前,那时候苏北的大地上还河流纵横,我的生活从一条河边转换到另外一条河边。不是逐水而居,而是水太多,想找一处远离河流的地方都不那么容易。遗憾的是,那些大大小小河流中的一大半,现在已经像枯死的毛细血管消失在故乡的大地上。那时候,河流是我整个童年和少年时代的乐园。一个乡村孩子,所有的娱乐皆由天赋,捞鱼摸虾,游泳滑冰,采莲挖藕,靠的都是上天提前备下的一条条河。河流不仅是我们最亲密的玩伴,还是我们认识和想象世界的方式。那些流动的河水,这一朵浪花,那一个旋涡,下一分钟、第二天、明年、我们十岁时二十岁时三十岁时,它们会在哪里?如果说,我还有某种训练自己想象世界的能力的方法,那就是盯紧那一朵朵浪花和一个个旋涡,想象它们在辽阔的大地上奔走不息。它们走到哪里,我的想象中的世界就到了哪里;它们走得有多远,我想象出的世界就可能有多大,我的世界就可能有多大。

那个乡村少年蜗居在狭小的村落,天地就巴掌那么大,一眼能看好几个来回,所以,更大的世界只能靠自己去想象。河流给了我想象世界的机会。

想象世界的过程也是认识世界的过程。

若干年后,我一度生活在京杭大运河边。无论是从规模、功用还是作为景观,乃至作为河流的本质意义上,它都堪称我所经见的那些河流的总和。它是我生命中的总河。这条河纵贯南北,从杭州到北京,经四省、两个直辖市,跨十八个地级市,凡1797公里。用1797公里去想象一个更阔大的世界,想想都是件壮观的事。在这条河流的带领下,我的想象力得到前所未有的自由。二十余年的写作中,小说的背景在这条大河的上上下下游走,走到哪里就在哪里开辟出一个纸上的新世界。因为写这条河,一个当年地理课堂上的差生,硬生生地把中国的地形地貌和物候搞清楚了。因为这条河像大动脉一样,贯穿了中国南北。

世界沿着运河像布匹一样在我的想象里展开。这很重要。更重要的是,它还给了我另一个想象世界的维度,那就是时间。时间是什么?时间是历史,也是文化,还是解决一个个疑问的真相。它与空间一起,支撑起一个勘探世界奥秘的坐标。自春秋吴王夫差开邗沟以降,历经隋唐大运河至元再到今天,2500年过去了,这条大河有了一个比1797公里还要辽阔漫长的时间跨度。在我一次次北上和南下做运河的田野调查时,我也在漫长的2500年中来回穿梭。这个世界正是如此:每一件事都不会孤立存在,每一件事都是一个浩大的系统工程的结果。在时空交错的坐标里探寻一条河,我相信我看见的是一个复杂的、浩瀚的世界。犹如人类的大动脉连通了身体中诸多的血管支流一样,当这条河贯穿南北连通了东西走向的钱塘江、长江、淮河、黄河、海河五大水系,而这五大水系又如根须般交错伸展,盘踞出960万平方公里,盯着一条河看,其实就是纲举目张,在打量一个辽阔而古老的中国。世界以一条河流的长度和结构呈现在我面前。

大水汤汤,逆流而上。倘若这一次,我的确通过一条河部分地想象出了一个广大的世界,通过一条河流的故事部分地抵达了这个世界的真相,那我有什么理由不对这条河流报以真诚、盛大的感谢呢?感谢这条古老的河流,这一次它给我带来了这部《北上》。人不能两次踏入同一河流中,因为河水浩荡,永远在除旧布新。与河流一样不居的是写作。苟日新,日日新,又日新;如果这部小说的确提供了一些新鲜的质素，那么，在始入不惑之年获得这份以茅盾先生的名字命名的文学褒奖，我以为对我是更大的肯定和激励，也是一份沉甸甸的责任。

谢谢各位，也谢谢所有愿意跟随这本书一起"北上"的读者朋友！